D+

dear+ novel

kawaiiga oshigotodesu

可愛いがお仕事です

小林典雅

新書館ディアプラス文庫

可愛いがお仕事です

contents

illustration : 羽純ハナ

可愛いが
お仕事です

初仕事が「ゲイのセレブ男性の結婚相手のフリ」だと言われたときは、正直焦《あせ》った。

間藤春真《まとうはるま》の就職先は『キャメロット・キャストサービス』という人材派遣会社で、一時間五千円の利用料で顧客の多様なニーズにお応《こた》えしている。

家事代行などの一般的な依頼もあるが、多少毛色の変わった依頼も受け付けている。キャストと呼ばれるスタッフとカップル気分で疑似デートする『レンタル彼氏（彼女）』や『レンタル茶飲み友達』など、面倒なしがらみ抜きでひとときの潤《うるお》いや憩《いこ》いを求める利用客も多い。

犯罪幇助《ほうじょ》と性的サービスを除き、極力顧客の個人的なリクエストに添うのが社長のポリシーで、様々な技能を持つ社員や登録スタッフを揃えている。

まだ研修期間中の春真が事務所に出勤すると、社長の中桐瑶市《なかぎりよういち》がデスクから手招きした。

「おはよう、間藤くん。ちょっと話があるの。実はね、昨夜《ゆうべ》久々に大学の後輩に会ったんだけど、イレギュラーなオファーを受けたのよ」

中桐は手入れの行き届いたお洒落《しゃれ》な口ひげと顎《あご》ひげがトレードマークの長身のイケメンながら、内輪ではオネエ言葉で話す。

はじめて聞いたときはギャップに意表を突かれたが、高卒で別段特技もなく、売りはやる気しかない自分を、「わかったわ。君の熱意と容姿と将来性を買って採用するわ」と面接で笑みかけてくれた中桐に恩義を感じており、すぐに口調にも慣れた。

「イレギュラーなオファーって、その後輩の方が、うちにレンタルをご希望なんですか？」

「そうなの。それでキャストを選んでもらうときに、一応間藤くんの画像も見せたら、是非にって言うのよ。でもまだ研修中だし、変なオファーだから、とりあえず内容を聞いてから考えてみて？　嫌なら別の子に回すわ」

春真は目を瞠《みは》って勢い込んで言った。

「どんなオファーなんですか？　指名してくださったなんてありがたいし、僕にできることならなんでもやりますけど」

まだキッチン周りのディープな汚れ落としとシッター講習と中桐相手の模擬《もぎ》デートの実習を終えただけだが、意気込みは掃いて捨てるほどある。

事務員の枝村《えだむら》が社長机の脇に用意してくれた丸椅子に礼を言って腰掛けると、中桐はくるりと椅子を回転させて春真に向き直った。

「それがね、ちょっと期間が長めの住み込みの依頼なの。場所は麻布《あざぶ》の彼のマンションで、期間は二ヵ月。遺伝子関連の会社を経営してる三十歳独身よ。家には寝に帰るだけだから、同居といっても実質顔を合わせる時間は少ないし、家事は最低限でいいそうよ」

春真は小首を傾《かし》げ、

「……えっと、じゃあ依頼内容はその方の住み込みのハウスキーパーですか？」

と確認する。

小さな頃から叔父《おじ》と二人暮らしで、節約料理や手抜き掃除は毎日してきたが、麻布在住のセレブに『是非《ぜひ》に』と望まれるようなプロ技はなく、「やります！」と即答はしにくい。

でも、住み込みのオファーは珍しいけど、ハウスキーパーなら『変な依頼』というほど変じゃないのでは、と思いながら返答を待っていると、中桐は首を振った。

「それが、だいぶ違うのよ。実はその後輩は大手製紙会社の創業家の次男でね、学生のときにゲイだとカミングアウトしたら勘当《かんどう》されて、ずっと実家とは没交渉《ぼっこうしょう》だったんだけど、最近父親に癌《がん》が見つかって、もう勘当は解くから早く戻ってきて形だけでも結婚しろってうるさく言ってくるそうなの。でも彼にその気はないから、偽の『ゲイ婚のパートナー』をお披露目《ひろめ》してこっちから縁を切りたいんだって。二ヵ月の同居は一応家族が調べにきたり説得しにきたりしたときのアリバイ工作で、干渉《かんしょう》がおさまったら契約終了したいそうよ」

「……え、……ゲイ婚……？」

やっぱりものすごく変な依頼だった……、と春真は言葉を失う。

勘当などという言葉もマンガ以外では見たこともないが、リアルに実行する人たちもいるのか、とセレブの派手な家庭争議に面食らう。

でも、キャメロットは変わった依頼にも鋭意善処《えいいぜんしょ》するのがモットーだし、自分もキャストとして採用された以上、どんなオファーにも対応できるようにならなければ、と思っている。

ただ、やる気はあっても、客観的に考えると、ひと回りも年上のセレブの同性パートナー役は自分には無理があるような気がする。

「……あの、せっかくご指名いただいたんですけど、そのキャストに僕じゃ信憑性《しんぴょうせい》が薄いんじゃないでしょうか。歳も離れてるし、庶民《しょみん》だし……」

春真がひそかに想いを寄せる相手も同性なので、『ゲイのパートナー役』というオファー自体に抵抗はない。

でも高校を卒業したての十八歳で、生まれも育ちも庶民の自分より、嘘でももっと説得力のあるキャストを選んだほうがいいのでは、と口ごもると、中桐はあっさり言った。

「歳は問題ないそうよ。むしろショタと思われたほうが余計呆《あき》れられて丁度いいって言ってたし。それに、まだ一度もキャストとして稼働《かどう》したことがない新人のほうが都合がいいって言うの。現役のキャストだと、誰かのSNSとかで面が割れて偽装《ぎそう》だってバレるかもしれないから」

「……なるほど」

元々依頼人は家族にまともなパートナーを紹介して受け入れられたいわけではなく、ドン引かせて以後口出し無用にしたいみたいだから、最初から完璧なキャストは求めていないのかもしれない。

それなら自分でも大丈夫かな、と思いつつ、ふと疑問が湧《わ》く。

普通は恋人がいない人がレンタルキャストを利用するものだけど、成功している三十歳の青年実業家なら、本物のゲイパートナーがいるんじゃないだろうか。

本物の相手がいるのに替え玉をレンタルするとしたら、どんな理由があるんだろう、と想像を巡らせてみる。

まだ恋人になりたてで、家族に紹介するまでには関係が深まっていないか、恋人のキャラクターやビジュアルが若干《じゃっかん》個性的で、ちょっと紹介しにくいタイプだったりするのかも。

それとも、息子の性的指向を認めないワンマンな父親に本物の恋人を引きあわせたら、激昂《げっこう》して高級な杖《つえ》でぶっ叩いたりしそうだから、危険すぎて直接会わせたくないとか。

あと恋人がものすごく繊細《せんさい》なガラスハートの持ち主で、家族の大反対に晒《さら》されたら心が折れて別れを決意しかねないから、修羅場《しゅらば》は偽者で乗り切る気なのかも。

まあ、どんな事情でも、自分は依頼された役目をこなせばいいんだけど、当日だけじゃなく二ヵ月も同居したら、本物の恋人に邪魔に思われたりしないだろうか、と気を回して春真は中桐に訊ねた。

「あの、依頼人の本物のパートナーのかたも偽者をレンタルすることを了承しているんでしょうか?」

中桐は「え、本物……?」と軽く眉を寄せ、肩を竦《すく》めて苦笑した。

「彼にそんな相手がいたら、わざわざレンタルなんかするわけないじゃない。別にモテないわけじゃないんだけど、特定の相手は作らない主義みたいよ。昔から本命がいるんだけど、その人とは実らないから、ほかの人には真剣になれないみたい」

「……そうなんですか……」

じゃあ、大人の関係でさらっと遊ぶ相手はいても、本当に好きなのは一人だけで、叶わぬ想いをずっと引きずっているのか……。

報《むく》われない相手に片想いしているという部分だけは自分と同じで、ほかにはなにも共通点のなさそうな依頼人にすこしだけシンパシーを覚える。

中桐は膝を突き合わせ、

「どうかしら。やってみる気ある？　セレブ育ちだからちょっと天然なところもあるけど、人柄は紳士よ。ゲイと同居なんて不安かもしれないけど、うちの新人に手を出したら殺すって脅《おど》しといたし、間藤くんは護身術《ごしんじゅつ》の嗜《たしな》みもあるから、身の安全は保《たも》てると思うの。間藤くん、早くお金を貯めて自活したいって言ってたでしょ。二ヵ月分を規定料金で取るとべらぼうだから、友達価格と長期割引にしたんだけど、間藤くんのギャラはこの額よ」

電卓を向けられ、数字を見た瞬間春真は即答した。

「やります。やらせてください！」

奇妙なオファーに戸惑いや躊躇《ちゅうちょ》はあったが、表示された金額を見たら迷いは消し飛んだ。

これが普通にネット申し込みの見知らぬ顧客《こきゃく》の依頼なら、住み込みの仕事など安易に引き受けないが、今回は中桐の紹介で身元も確かな相手だし、過度《かど》に用心しなくてもいいような気がする。

それにこの報酬《ほうしゅう》をもらえたら、すぐにも部屋を借りて家を出られる。

二ヵ月叔父と距離を取ることも、片想いにケリをつけるいい機会になるかもしれない。

春真は四歳で親を亡くし、親代わりに育ててくれた叔父の紘《げん》にひそかに恋心を抱《いだ》いていた。

紘は亡くなった父の弟で、昔ラグビーでならしたがっしりした体格ときりっとした眉の男前で、今年三十八になる。

血の繋がりもある実の叔父で、端《はな》から叶うとは思っていなかったが、紘に結婚を考える女性がおり、甥《おい》っ子の自分が成人するまでは新しい家族は作らないと勝手にマイルールを決めて先延ばしにしていると知り、もう解放してあげなくては、と思った。

長い間、自分の家族も持たずに面倒を見てくれた紘に、これからは自分の幸せのためだけに時間を使ってほしいと本心から思っているが、結婚後も紘と笙子《しょうこ》さんという相手の女性と平気な顔で同じ家に住めるほど神経は太くなく、なるべく早く家を出たかった。

紘は当然のように大学へ進学させてくれる気でいたが、これ以上金銭的な負担もかけたくなくて、自力で就職先を見つけてから進学しない旨《むね》を伝えた。

紘は驚いて考え直すよう説得してきたが、もう採用してもらえたし、この仕事は誰かの役に立てるからやってみたいし、大学へ行っていい会社に入れたとしても必ずしも安定が保証されるわけじゃないし、このさき学びたいことが見つかったら働きながら通うから、学費は指輪とかマイホームの頭金とか自分の結婚資金に回してよ、と殊更《ことさら》明るく、でも曲げない意志で告げると、最終的には渋々承知してくれた。

これから地道に給料を貯めて自立する計画だったが、このオファーを受ければすぐにも叶えられる。

前のめりで引き受けた春真に中桐は悪戯《いたずら》っぽい笑みを浮かべた。

「顔も見ないで決めちゃっていいの？　二ヵ月一緒に暮らして、家族の前で熱愛カップルのフリしなきゃいけない相手なのよ？」

「え……」

ちなみにこんなご面相《めんそう》だけど、と含み笑いでタブレットPCを向けられ、もしかしてよっぽど破壊的な顔面の人なんだろうか、でも人間顔じゃないし、依頼人の美醜《びしゅう》は仕事に関係ないし、と思いながら恐る恐る画像を覗き、春真は目を瞠った。

「……めちゃくちゃかっこいいじゃないですか……」

「不細工なんてひと言も言ってないでしょ。ちょっとからかっただけよ」

思わせぶりな中桐の言い方から、うっかりジャバ・ザ・ハットもどきの潰《つぶ》れた爬虫類《はちゅうるい》顔を想像してしまったが、画面の中の依頼人は想像とは似ても似つかぬ美形だった。

どこかのビルの窓辺で誰かと話している最中のような、カメラ目線ではない斜め横からのアングルで、仕立てのいいスーツを纏《まと》い、端整な容貌《ようぼう》に柔和《にゅうわ》な微笑を浮かべている。

……やっぱりこんな人の偽装ゲイ婚パートナーなんて、初仕事なのにハードルが高すぎるかも……、と画像を見て改めて怖気《おじけ》づく。

「あの、やっぱりほかの先輩キャストさんのほうがふさわしいんじゃないかと……」

と切り出そうとしたら、すでに中桐がOKの返事を先方に送信しており、撤回《てっかい》は間に合わなかった。

相手からの返信も早く、春真は翌日には住所を麻布十番《あざぶじゅうばん》に移すことになったのだった。

＊＊＊＊＊

翌日、事務所まで依頼人の秘書が車で迎えに来た。

銀縁《ぎんぶち》眼鏡をかけた三十代半《なか》ばの男性で、

「初めまして、諫山靖臣《いさやまやすおみ》と申します。このたびは社長の意味不明の思いつきに間藤《まとう》様を巻き込むことになり、部下として大変恐縮《きょうしゅく》しておりますが、何卒《なにとぞ》仕事と割り切って、最後までご協力お願い申し上げます」

と慇懃《いんぎん》に一礼した。

「あ、いえ、こちらこそ新米《しんまい》ですが、精一杯務めさせていただきますので、どうぞよろしくお願いいたします」

春真《はるま》もぺこぺこと頭を下げる。

諫山は一見堅《かた》そうな雰囲気だが、眼差《まなざ》しや口調には根は面白い人なのかもと思わせるユーモアが漂《ただよ》っており、初仕事の緊張に強張《こわば》っていた気持ちがすこしほぐれる。

秘書が年端《としは》もいかないレンタルキャストをぞんざいに扱わずに丁重《ていちょう》に接してくれるということは、依頼人本人のこともそんなにガチガチに身構えなくてもいいのかもしれないという気がした。

諫山が開けてくれた後部ドアから車に乗り込むと、車内には誰もおらず、

「えっと、社長さんはお仕事ですか……?」

と滑《なめ》らかに発進させた諫山に問うと、ミラー越しに「はい」と頷かれる。

「午前中どうしても外せない案件がありまして、午後のなるべく早い時間にご自宅に戻られるそうです。間藤様にはこのあと何ヵ所かお寄りいただいてから、社長宅にご案内いたします」

「わかりました。……あ、あと、僕に『様』なんてつけてくれなくていいですよ」

さっきから『様付け』がこそばゆく、やめてもらいたくてそう言うと、

「そういうわけには参りません。偽装とはいえ社長のパートナーに対して、私が『間藤くん』

などとお呼びするのは不自然ですので、慣れていただけますでしょうか」

ときっぱり言われてしまう。

「……はい」

『間藤様』なんて、誰のことだよって感じで落ち着かないんだけど、と思いながら春真はシートの上でもぞもぞみじろぐ。

途中でどこかに寄るって言ってたけど、こんな恰好《かっこう》でも大丈夫な場所かな、とチラッと自分の服を見おろす。

一応自分の持っている服の中では二番目にいいジャケットとお年玉をはたいたジーンズを穿《は》いてきたが、身の周りのものを詰めた鞄《かばん》は部活で使っていたスポーツバッグで、高級車のリアシートに完璧に浮いている。

やっぱり就職祝いに買ってもらったスーツにすればよかったかな。鞄も新品を買うべきだったかも。

でも昨日の今日で買いに行く暇もなかったし、庶民《しょみん》なんだから今更見栄張ってもしょうがないか、と開き直る。

所在なく窓の外を眺め、暇つぶしにセレブの依頼人をなんとか庶民寄りに近づける想像をしてみる。

もしかしたら、この高級車もレンタルの社用車で、依頼人本人のマイカーは意外と中古の軽《けい》だったりするかもしれない。

父親が有名企業のトップでも、依頼人は勘当《かんどう》されて自分で会社を興《おこ》したベンチャー社長だし、まだそこまで業績は上げられていないかも。

社長といっても社員三人くらいの会社かもしれないし、麻布《あざぶ》だってピンキリで、マンションもワンルームだったり、『○○マンション』という名のコーポだったりするかも。

むしろそのほうが親近感が湧《わ》くんだけどな。

会社の規模や社長の年収を直球では聞きにくく、遠回しに諫山に探りをいれてみる。

「あの、社長さんのご自宅の間取りってご存知ですか？」

「はい。２ＬＤＫでしたかと」

「ほんとですか！」

よかった、ワンルームじゃなかったけど、結構リーズナブルなところかも、とホッと胸を撫で下ろす。

そのあと区役所に寄り、もし依頼人の家族に同棲が事実かどうか調査されたときに備えて住民票を移したり、テーラーに連れていかれて採寸されたりしたのち、到着したマンションはどう見ても億ションだった。

……あれ？　２ＬＤＫってもっと地味なサイズのことをいうんじゃなかったのか……？　と呆然としながら車を降りる。

高級ホテルのような吹き抜けのある豪奢《ごうしゃ》なエントランスを通り、四重のセキュリティを抜けて、ようやく依頼人の家に辿《たど》りついたときには、気後《きおく》れと気疲れですでにへとへとだった。

ワンフロアに二戸《こ》しかないなんて、どんだけ一部屋が大きい2LDKなんだよ……。

ここが分譲《ぶんじょう》か賃貸か知らないいけど、やっぱりこんなところに住めるくらい儲《もう》かってる人じゃなきゃ、偽パートナーの長期レンタルなんていう無駄な出費はできないよな……、と激しいアウェー感によろめきながら玄関ドアをくぐる。

塵《ちり》や砂利《じゃり》ひと粒落ちていない広い玄関の端っこに脱いだローファーをちんまり置き、諫山のあとについて広大な2LDKに足を踏み入れる。

「こちらが間藤様のお部屋になります。なにか足りないものなどございましたら、遠慮なくお申し付けください」

そう言って諫山が開けたドアの中を見て、春真は目を剝《む》いた。

元はゲストルームらしく、クイーンサイズのベッドにチェスト、ライティングデスク、コーヒーテーブル、大型テレビ、座るとロボットに変身しそうなマッサージチェア、奥にはバスルームまである。

骨の髄《ずい》まで庶民なので、玄関に寝袋を敷いて寝ろと言われたほうがむしろ落ち着くかも、とあんぐりしながら部屋を見回す。

「……こんな贅沢《ぜいたく》な部屋を家賃も払わずに使わせてもらうなんて気が引けます……。家賃払えって言われても払えないけど……。もっと二畳くらいの暗くて狭い屋根裏の使用人部屋みたいなとこで充分なんですけど……」

思わずずるっと肩からスポーツバッグをずり落としながら視線を泳がせると、諫山はかすかに笑いを堪《こら》えるように口の端を上げた。

「屋根裏部屋はありませんので、堂々とこちらをお使いください。社長のパートナー役として、ご自宅のような態《てい》で住んでいただかないと困ります。それから、こちらで夜寝《やす》まれる際は念のため内鍵をお締めください。社長は未成年に見境《みさかい》なく淫行《いんこう》を働くような外道《げどう》ではありませんし、中桐《なかぎり》氏からもし強制猥褻《わいせつ》に及べば去勢のうえ莫大《ばくだい》な賠償金を支払わせるという念書《ねんしょ》に捺印《なついん》させられたそうなので、間違いは起こさないと思いますが、自衛も怠《おこた》りなきよう」

「……わ、わかりました」

そんな下世話な心配をしてくれなくても、あんなイケメンで金持ちで遊び相手に困ってなさそうな人が、こんな小僧に変な気起こすわけないし、いざとなったら反撃していいと言われてるし、と思いつつ、一応頷く。

部屋を出て、リビングルームやキッチン、バス・トイレ、主の寝室を案内される。

趣味のいいインテリアはメーカーも総額も春真には見当もつかず、異次元の住環境にただ圧倒される。

リビングには詰めれば何人座れるだろうと数えたくなる大きなソファセットが置かれ、アイランド式のキッチンはモデルルーム並みの使用感ゼロの輝きを放っている。

……こんなピカピカのキッチンじゃ、くず野菜のピクルスとか具が鰹節《かつおぶし》だけの焼うどんなんか作っちゃいけない気がするけど、もしセレブな料理を作れと無茶ぶりされたらどうしよう……、とおののいていたとき、背後から足音が聞こえた。

春真の肩越しに諫山が視線を向け、

「社長、お疲れ様です、お早いお戻りで」

と一礼する。

「ただいま」という穏やかな声に振り返ると、昨日画像で見た依頼人本人と目が合い、バクンと心臓がせりあがる。

小さな平面の画面でも姿の良さは充分わかったが、間近で本物を見ると、思わず息を止めて見入ってしまうほど、どこにも瑕疵《かし》のない優美な顔立ちの美形だった。

画像では身長まではわからなかったが、実物は長身で、百六十七の春真より十五センチは高い。

春真はこくっと息を飲み、がばりとお辞儀した。

「は、初めまして、キャメロット・キャストサービスの間藤春真と申します。このたびは僕をご指名くださり、ありがとうございました。新米の不束者《ふつつかもの》ですが、精一杯頑張りますので、二ヵ月間、何卒《なにとぞ》よろしくお願いいたします」

深々頭を下げながら、『不束者』ってちょっと変だったかな、『未熟者』のほうがよかったかも、と思いつつ顔を上げると、相手はしばし無言で春真を見つめ、不意に頭痛に見舞われたかのように片手で額から目許《めもと》を押さえた。

え、と驚いて、

「あ、あの、大丈夫ですか？　お具合でも……？」

と焦《あせ》って問うと、彼は目を覆《おお》っていた手を外し、にっこりと春真に笑みかけた。

「失礼しました、急に目にゴミが。改めまして、霧生慧吾《きりゅうけいご》です、初めまして。突然変な依頼をしてすみません。偽装のパートナーなんて、なにをふざけてるのかと思われたかもしれませんが、僕には今後の自由な人生がかかった闘争なんです。是非《ぜひ》君も本気でパートナー役になりきってもらえますか」

『自由のための闘争』など、語彙《ごい》はアグレッシブだが、口調も表情も優美で品が良い。

「は、はい、及ばずながら、全力でなりきらせていただきます……！」

上ずった声で答えると、彼は満足そうに微笑して頷いた。

「ありがとう。早速《さっそく》なんですが、十日後が母の誕生日で実家に呼ばれているので、そこで君を紹介したいんです。時間があまりないので、当日本物の熱愛カップルに見えるように、恋人らしく振る舞う練習を積んでほしくて急いで来てもらいました。手始めに、お互いに敬語はやめて、僕のことは親しげに『慧たん』と呼んでもらえるかな。君のことも『春りん』か『まーくん』と呼ぼう。どっちがいい？」

「……え？」

本気でその二択を？　と意表を突かれて春真は目を瞠《みは》る。

やっぱり中桐社長の言う通り、天然入ってるみたいだし、お披露目《ひろめ》が十日後って、そんなに急とは思わなかった……とうろたえて固まっていると、

「あれ、どっちも気に入らないみたいだね。なにかほかにいい呼び名はあるかな。諫山くんはどう思う？」

と彼が秘書に目をやる。

諫山は平板《へいばん》な口調で答えた。

「普通に『春真くん』か呼び捨てでよろしいのではないでしょうか」

霧生は腕を組み、

「そうかな、それだと熱愛感や新婚感が足りない気がする。バカっぽい呼び名のほうがより親密な印象を与えられると思うんだけど」

とソフトに反論する。

「いえ、むしろ『慧たん』『春りん』のほうがヤラセ臭が鼻につくかと。『慧吾さん』『春真くん』でも大事なのは言い方や醸《かも》し出す雰囲気です。たとえ『刑務官…』『六十八番…』でも想いの滲《にじ》む眼差しや口調なら、ふたりの愛は周囲に伝わるでしょう」

「確かにその通りだね。演技でその雰囲気を醸せるまで練習あるのみだな」と頷く依頼人と秘書の顔を交互に見比べ、この人たちは本気でこの会話をしているのか、真顔の冗談なのか、どっちなんだろう、と春真はひそかに悩む。

諫山は「では、私はそろそろ失礼いたします」と一礼し、春真にも会釈《えしゃく》して出て行った。

美しいが若干《じゃっかん》変な依頼人とふたりで取り残され、広大な牢獄《ろうごく》に収監《しゅうかん》されたような心許《こころもと》ない気持ちになる。

でもこんな弱気じゃいけない、最初にしくじったら、ほかのキャストにチェンジされて、前金で振り込まれたギャラを返金することになると困る、と唇を引き結んで春真は霧生を見上げた。

「あの、け…慧吾さん、僕、やる気は掃いて捨てるほどあるんですけど、まだまともに恋愛経験とか交際経験がなくて、慧吾さんが求めるレベルの恋人演技がすんなりできるかちょっと自信がなくて……、でも元ボクシング部でパンチとか受け慣れてるし、当日お父様から杖で叩かれる覚悟もできてます。そのときまでには本物らしく見えるように絶対頑張りますので、最初は期待外れでも、ほかのキャストに変更せずに僕を使っていただけないでしょうか……？」

敬語は不要と言われたが、そういうわけにもいかないので、決死の形相《ぎょうそう》で意気込みと言い訳と懇願《こんがん》を伝える。

彼は一瞬目を丸くしてから、くすっとおかしそうに笑った。

「どこから杖が出てきたのかわからないけど、父はまだすたすた歩いているし、杖でも素手《すで》でも、君に手を上げるような真似は誰にもさせないから、そんな覚悟はしなくていいよ」

優しい眼差しと声でそう言われたら、なぜかドキッと鼓動が跳ねた。

暴力は許さないという人道的なポリシーで言ってくれてるだけで、個人的に言われたわけじゃないのに、うっかりドキマギさせられるなんて、イケメンの微笑と穏やかボイスの威力《いりょく》ってすごい、と思わず薄赤くなる。

彼は柔和な瞳で、

「ほかのキャストに交換なんて考えてないし、君にそんなにプレッシャーを与えてしまったのは、僕が初《しょ》っ端《ぱな》からいろいろ言い過ぎたせいだね。今日初めて会って、お互いのことを何も知らないのに、いきなり熱愛感なんて出せるわけないし、もうすこし時間をかけて、お互いをよく知り合おう。ほんとに親しくならないとフリもできないだろうから、お互い素を晒《さら》して、率直《そっちょく》に話をして、ちゃんとお近づきになろう」

とスッと右手を差し出してきた。

……これは、握手を求めてるのかな、と差しのべられた掌《てのひら》から、相手の目を見上げて視線で確かめると、微笑で頷かれる。

そろりと手を伸ばすと、きゅっと握られた。

「改めてよろしく、春真くん」

「こちらこそ、よろしくお願いします、慧吾さん」

春真からも軽く握り返すと、ふわりと優しい笑みを返される。

その優美な笑顔を見ながら、しゃべるとちょっとズレてるけど基本的には悪い人ではなさそうだし、記念すべき初仕事なんだから、なんとかうまくやり遂げたいな、と春真は思った。


「春真くん、おなかはすいてないかな？」

自分の部屋で荷物を片付けていると、コンコンとノックの音がして私服に着替えた慧吾がドアから顔を出した。

白のインナーにブルーグレーのVネックセーター、ベージュのチノパン姿で、さっきのビジネススーツとはまた違った雰囲気だった。

姿のいい人はなに着てもかっこいいな、と客観的に思いながら、

「えっと、はい、ちょっとすきました」

と正直に答える。

「じゃあ、どこかに食べにいこうか。デリバリーを頼んでもいいし。どっちがいい？」

また二択を振られ、春真はしばし黙考《もっこう》する。

こんな億ションに住んでいるような人の御用達《ごようたし》のレストランだとアウェー感で緊張して味もわからないだろうし、デリバリーもチェーンのピザ屋とかではなく、小じゃれたデリの高級物菜《そうざい》という気がする。

それなら自分で作ったほうが安いし早い、と春真は相手を見上げて遠慮がちに言った。

「……あの、よかったら僕が作っちゃダメですか？　なにかあるもので適当に作りますけど。凝《こ》ったレシピのセレブご飯は作れないけど、庶民飯なら割と得意なので」

そんな残飯《ざんぱん》食えるかっ、などと口では言いそうもないけど、そういう顔はするかも、と相手の目を窺うと、彼はにこやかに笑った。

「ありがとう、手料理を作ってくれるなんて、早速本物の恋人役になりきってくれて」

いや別に、そういうわけじゃないんだけど、仕事熱心と思われてるならそのままにしとこう、と思いながらキッチンに移動し、「ちょっと拝見しますね」と冷蔵庫を覗く。

「……あれ……」

使用感ゼロのキッチンにふさわしく中はすかすかで、ミネラルウォーターやビールにチーズなどが閑散《かんさん》と置かれ、生鮮野菜も卵もない。

冷凍庫にはロックアイスと冷凍ピザなどが少々、ストック棚には頂き物をそのまま仕舞《しま》ったような缶詰などの箱がいくつかあるだけで、もろに家で食べない人のキッチンだった。

「……慧吾さんの普段の食生活は、ほぼ外食なんですか？」

使えそうなものを取り出しながら問うと、そばにやってきた彼が頷く。

「うん。ビジネスランチや会食が多いし、家で自炊することはほとんどないから、たいしたものはないと思うんだけど、なにかできそうかな」

「ここにあるのをみんな使ってもいいなら大丈夫です。……でも自炊しないのに調理器具とか食器とかちゃんと揃ってるんですね」

鍋にショートパスタを茹《ゆ》でるためのお湯を沸かしながら言うと、彼はカウンターに寄りかかって頷いた。

「海外の取引先を招いてホームパーティーをすることもあるから、一応ね。料理はケータリングを頼むけど、ここで準備するものもあるから、それ用に。個人的に住むだけならこんなマンションじゃなくていいいんだけど、社長がどんなところに住んでいるかも判断材料にするクライアントもいるから、家賃は信用料なんだ」

「なるほど」

リビングの会議が開けそうなソファも商談絡《がら》みのホームパーティー用で、ただ財力をひけらかしてるわけじゃないのか、と広すぎる２ＬＤＫに対する抵抗感がやや薄れる。

ホテルブランドの缶詰のパスタソースを温めていると、

「君がどうしてキャメロットで働こうと思ったのか、聞いてもいい？　どこで会社のことを知ったの？」

と問われた。

さっき素で話そうと言われたので、春真は取《と》り繕《つくろ》わずに答える。

「クラスメイトのお兄さんがキャメロットでレンタル彼氏のバイトをしてたんです。夕城《ゆうき》くんっていう友達で、その子もイケメンだったんですけど、お兄さんは綺麗系で、リピーターが多いからかなり稼《かせ》ぐって聞いて、そういうバイトもあるのかって。それがキャメロットを知ったきっかけです」

へえ、夕城くんって、中桐さんから名前だけ聞いたことがあるような気がする、と彼が呟く。

「それで、君もバイトしようと思ったの？」

「いえ、うちの学校はバイト禁止だったので。でも時給が高かったし、ちょっと興味本位でサイトを覗いてみたら、レンタル彼氏以外にもレンタル家族とかいろいろあるって書いてあって、どういう人が家族をレンタルするんだろうって、心に残りました。ほんとに家族がいない人かもしれないし、いても毒親《どくおや》みたいだったりしたら、嘘でも理想の家族をレンタルしたいと思うのかなとか思って……」

絃《げん》のおかげで自分は両親のことを脳内で想像するだけで気持ちはおさまったが、その場限りでも絵に描いたような家族や恋人や友達が欲しいと思う人がいても変だとは思わなかった。

「……そうだね、そういう人もいるだろうね」

彼の声のトーンがかすかに翳《かげ》った気がして、春真は触れないほうがいいかもしれない、と話題を変える。

「えっと、慧吾さんのお仕事のお話を伺《うかが》ってもいいですか？　遺伝子関係のお仕事って聞いたんですけど」

得意分野のことを聞けば気分が上がるかも、と思いながら訊ねると、彼はまた微笑して、ぺろっと舌を出して指差した。

「唾液《だえき》でＤＮＡ解析をして、将来罹《かか》りやすい病気とか身体の傾向とかを調べるキットを販売してるんだ。海外ではメジャーな検査なんだよ」

「へえ……、自分が未来に罹る病気がいまからわかるんですか？」

病気になるって先にわかるのもどうなんだろう、ちょっと悲しくなりそうだし、将来ハゲるとか太るとか予知されても切ない、と思いながら訊ねる。

彼は頷いて、

「病気の原因は生活習慣や環境によるものとかいろいろあるからすべて網羅《もうら》できるわけじゃないけど、遺伝的に起こりうる病気は予測できるよ。事前に知ってれば、予防のための対策が取れるし、発症を防いだり遅らせたり、健康寿命を延ばせるから、春真くんも調べてあげようか」

と笑みかけられる。

「……えーと」

きっと結構高いんだろうし、いずれは病気になるかもしれないけど、まだ健康で不摂生《ふせっせい》なことはしていないし、いつかこの病気になるんだ、と予言を気に病《や》みながら暮らすのもな、と返事をためらっていると、パスタが茹で上がる。

「すいません、お皿出してもらっていいですか？」

本来なら依頼人をパシリにしてはいけないだろうが、本物のカップル風に振る舞えと言われているし、本物ならこれくらい頼むだろう、と正当化してお願いする。

リボンの形のパスタを温めたソースと絡めて相手が出してくれた皿に盛り、上からおつまみ用のチーズをすりおろして振る。

「お待たせしました。って、茹でてあっただけでなんにも自分で作ってないけど。もうちょっと材料があったら、そこそこレパートリーはあるんですよ、庶民飯だけど」

低レベルな弁解をしつつテーブルに並べると、相手が冷蔵庫から水を取り出して微笑む。

「へえ、いつも家でやってたのかな。えらいね」

青い綺麗なふたつのグラスに水を注《つ》ぎながら言われ、春真は恐縮《きょうしゅく》して片手と顔を振る。

「いや、ほんとに目分量と勘で作る適当メニューなので、感心されると恥ずかしいです」

「勘で作れるなんてベテランの域だし、やっぱりすごいよ」

そう言って彼は引き出しからカトラリーを取り、かっこいいギャルソンみたいな仕草で皿の横に置く。

席に着くと、彼はにこっと笑って、

「作ってくれてありがとう。いただきます」

とフォークを手に取って優雅な手つきで口に運ぶ。

こんなイケメンになにかするたびに「ありがとう」って言われたら、ちょっと戸惑うけど、なんか嬉しくて、もっとやってあげたい気になっちゃうから、相手をそういう気にさせる社長のテクなのかも、と思いながら、春真も「いただきます」と一緒に食べはじめる。

彼が食べながら、にこやかに言った。

「君はまだ研修中なんだよね。キャメロットの研修ってどんなことをするの？」

「えっと、いままでやったのは、家事代行でオファーの多い水周りのハウスクリーニングの実技とか、ベビーシッター講習で保育園に実習に行ったり、あとレンタルデートの研修で、中桐社長と実際にデートしたりしました。まだほかにもたくさんあるんですけど」

と答えると「え、中桐さんとデート？」と相手が食いついてくる。

「デートの練習ってなにをするの？　ふたりで手を繋いで街中を歩いたり？」

なぜか詳しく聞きたがる相手に春真は軽く首を傾《かし》げ、

「いえ、街中ではさすがに。映画館の中とか、事務所に帰ってから繋ぐ練習をしましたけど。あとは実際にデートスポットに行って、こういうときはこんな感じでっていうレクチャーを受けたり、相手が気分よく過ごせるための配慮についてとか、無理なことを言われたときの躱《かわ》し方とか、対応を教わりました」

と正直に答える。

「……へえ。……まったくあの人は、趣味と実益《じつえき》を兼ね過ぎだな」

彼が口の中で小さく呟く。

「ちなみに中桐さんのことは女性のつもりでエスコートの練習したの？　あの人はほら、素はオネエだし」

まだこだわって追及してくる相手に、

「えっと、女性バージョンと男性バージョンの二回練習させてもらいました。弊社《へいしゃ》ではレンタルデートに同性キャストを申し込まれる方の依頼も受けるので、それに備えて一回は中桐社長がオネエ言葉を封印《ふういん》して練習につきあってくれました」

と答えると、彼はすこし溜めるように「……ふうん」と呟いた。

しばしの間のあと、

「君はゲイの顧客とデートすることに抵抗はないのかな。今回の僕のオファーも、内心では嫌だなとか困るなって思ったりしてない？」

と真意を探るような眼差しを向けられた。

「え……」

春真は目を瞬《しばたた》き、「いえ、そんなことは」と首を振りながら、このあとどう返事を続けたらいいんだろう、と内心迷う。

ゲイに対する偏見《へんけん》がないか確かめたいみたいだから、自分の性指向も開示して否定すれば安心してもらえるかもしれない。

でも、紘のことは好きでも、ほかの同性に惹かれたことはないし、本当に男にしか目がいかない質《たち》なのかどうかまだ自分でも判然としていないから、そう言い切るのも躊躇《ためら》いがある。

もし正直に、自分の好きな人も同性なので他人の性癖も尊重できます、と答えたら、「同類なら構わないだろう」などと豹変《ひょうへん》されても困るし、としばし葛藤《かっとう》する。

春真は結んでいた唇を開いて、一般論に寄せながら答えた。

「えっと、誰がなにを好きでも、誰にも迷惑をかけなければ、その人の自由で、他人がどうこう言うことじゃないと思ってますし、キャメロットのキャストとして、同性異性関係なく『このキャストに頼んでよかった』と思っていただける仕事をしたいと思うだけで、否定的な気持ちとかはないです」

そう言うと、彼は「プロの答えだね」と口角《こうかく》を上げた。

「嫌々我慢しながら引き受けてくれたわけじゃないなら、とりあえずよかった」

「いえ、ほんとに我慢とか、そんなことは全然……」

変なオファーだとは思ったけど、報酬が破格だし、嫌々ではないですよ、と心の中で付け足し、今後のことについて質問した。

「あの、すいません、ここでの僕の役割についてもう一度確認したいんですけど、十日後まで慧吾さんがいるときは本物の恋人らしく振る舞う練習を積んで、当日恙《つつが》なく演じることと、そのほかの時間はハウスキーパーをするということでいいですか？」

彼はフォークを止め、

「週一回家政婦さんに来てもらってるし、春真くんは自分の身のまわりのことだけやってくれれば、あとは自由にしてていいよ。部屋で映画観たり本読んだりのんびりしてて」

と太っ腹なことを言う。

それじゃ仕事じゃなくてただのヒモじゃないか、と春真は目を瞠《みは》り、急いで首を振る。

「いや、そんなのダメです。二ヵ月もタダ飯食いの居候《いそうろう》でお金をいただくわけにはいかないし、ちゃんと働きます。二ヵ月間は家政婦さんに一時お休みしてもらって大丈夫ですよ。この部屋のいまの綺麗さをキープできるように頑張りますし。それに同棲が事実かご家族が調べに来たときの用心で、僕が食材の買い物とか慧吾さんのスーツのクリーニングとかを持って出入りして目撃情報を撒《ま》いておくことも大事じゃないですか？　常駐のコンシェルジュさんとか、近所のスーパーの店員さんとかの目に留まっておけば、調べが来たときに肯定《こうてい》してくれるかもしれないし」

貧乏性なので、働かずにぐうたらしていいと言われても、数日なら嬉しいかもしれないが、すぐ落ち着かなくなる気がするし、偽装パートナーの職務を忠実に全《まっと》うするために提案すると、彼はすこし考えてから言った。

「……パートナー役だけでも充分面倒な依頼だし、ほかのことまで頼む気はなかったんだけど、そう言ってくれるなら、お願いしようかな。でも適当でいいからね」

はい、と頷いて、具体的な内容を確認する。

「慧吾さんはいつも朝ごはんってどうしてますか？　食べるなら用意しますし、夕飯は家では食べないみたいだけど、休みの日とかはよかったら作りますね。あと慧吾さんの部屋の掃除しに勝手に中に入っても大丈夫ですか？　なるべく置いてあるものに触ったり捨てたりしないように気をつけますから」

彼は微笑して言った。

「一応見られてマズいものはないはずだから大丈夫だよ。朝は普段は食べないんだけど、せっかくだから春真くんがいる間は朝晩家で食べてもいいかな。洗濯は、春真くんに下着とか洗われるのはちょっと恥ずかしいから、遠慮しようかな」

また若干《じゃっかん》天然発言をされ、

「別ににおい嗅《か》いだりしませんから、そんな思春期みたいなこと言ってないで普通に出してください」

とつい突っ込んでしまう。

「あと、慧吾さん、明日の朝はなに食べたいですか？　パンとか卵とかないから、あとでちょっと買いに行ってきますね」

一週間分くらい食材を買い置きしておこう、と思いながら言うと、

「じゃあ一緒に行こう。ついでに近所を案内するよ」

と気軽に言われる。

面倒なのでは、と遠慮しようと思ったが、土地勘もないので一緒に行ってもらうことにした。

ふたりで食べ終えた食器を片付けてから一緒に部屋を出て、一階でコンシェルジュに挨拶《あいさつ》して外に出る。

道順を教わりながら並んで歩き、駅前まで来ると思ったより庶民的な商店街もあり、ホーム気分で食材を買いこむ。

「慧吾さん、嫌いなものはありますか？」

「特にないけど、強《し》いて言えば、ピーマンが苦手かな。食べられるけど、そんなに好きじゃない」

「へえ、じゃあ、わかんないように入れても、堂々とピーマンの肉詰めとかは出さないようにしますね」

「ありがとう。春真くんの嫌いなものは？」

「僕は食べられるものならなんでもＯＫです。強いて言えば、高くてまずいものが嫌いです」

値引きシールのついたおつとめ品をカートに入れながらきっぱり言うと、

「徹底してるね」

とカートを押してくれながら彼が笑う。

「そりゃあそうですよ、僕は一円でも安いものを買うためにスーパーをはしごする庶民ですから。慧吾さんは数時間後に尿として排泄《はいせつ》されるとわかっててもなんの躊躇《ちゅうちょ》もなく一本百万のワインを買えるようなセレブだけど」

相手がセレブの割に気さくなので、だんだんしゃべりが素になってしまうが、相手は咎《とが》めるでもなく楽しそうに笑う。

「いや、そんなワイン、いつも飲んでるわけじゃないよ。飲んだことないとは言わないけど」

「やっぱり。いまのは比喩《ひゆ》だったのにほんとに飲んだことあるんですね。うちなんか一本千円以上するワインは高級品扱いで家計簿と要相談でしたよ」

紘がそこまで安月給だったわけではないが、少しでもやりくり上手の貯金上手のほうが被扶《ひふ》養者《ようしゃ》としての存在価値が高まるような気がして勝手に努力していた。

いまはリッチなスポンサーが潤沢《じゅんたく》な資金を提供してくれるから倹約《けんやく》しなくてもいいのに、つい習《なら》い性《しょう》で安くていい品を選ぶ癖が抜けない。

会計を済ませ、ふたりで分けて買い物袋を提《さ》げて帰途《きと》につきながら、

「おつきあいくださりありがとうございました。もう次からひとりで行けますから。お米も持ってもらっちゃってすみません」

と片手に米五キロを抱えている相手に頭を下げる。

「平気だよ。こういう買い物したの久しぶりで、楽しかったし」

穏やかに言う相手を見上げ、

「前は自炊してたんですか？」

それとも誰かつきあってた人と行ったときの話かな、と思いながら訊ねると、相手は頷いて春真に笑みかけた。

「これでも貧乏暮らしをしてたこともあるんだよ。家を出てからしばらく風呂なしのボロアパートに住んでたし、カップ麵《めん》の残り汁を翌日雑炊《ぞうすい》にして二食にしたり、白米と塩で食いつないだり、会社が軌道《きどう》に乗るまで、唯一の贅沢は月一回肉屋さんの揚《あ》げたてコロッケを一個買い食いすることだったし」

「ええっ、ほんとに⁉」

意外すぎる過去話に春真は腹の底から叫んでしまう。

そんな庶民以下の激貧《げきひん》生活を経験した苦労人臭《しゅう》が天然セレブ臭に搔《か》き消されてまるでわからないが、裸一貫《はだかいっかん》から根性と才覚で麻布の億ションまでのし上がった人なんだ、と春真は改めて見方を変える。

「……えっと、僕、割と想像力豊かなほうなのに、慧吾さんと貧乏がまるで結びつかないんですけど、生まれついてのセレブより成り上がりのほうが絶対かっこいいと思うので、すごいと思います、慧吾さんのこと」

本心から言うと、彼はくすりと笑う。

「ありがとう。君の中では『成り上がり』って誉《ほ》め言葉なんだね。とにかく、僕はご飯が食べられるだけでありがたい生活も知ってるから、『庶民飯』って何度も言ってたけど、全然大丈夫だよ」

「わかりました。そう伺ってホッとしました」

見かけによらない相手の一面に、春真は親近感を覚えながら豪邸に戻った。


買い出しの品を冷蔵庫や棚に一緒に仕舞っていたとき、

「そうだ、春真くん、今日採寸してもらった服、至急で仕上げてもらってるんだけど、できあがったら『結婚しました』っていう証拠の写真を一緒に撮らせてほしいんだ。協力してもらえるかな」

と慧吾に言われた。

「写真、ですか。わかりました。どこでどんな風に撮るんですか？」

「ありがちだけど、ハワイかグアムの海辺で、」と事もなげに言われた瞬間、「は!? ハワイ!?」

と春真は仰天《ぎょうてん》して叫ぶ。

偽装写真のためにわざわざハワイまで行く気なのか？　と顎《あご》が外れそうに驚愕していると、彼はくすっと笑った。

「いや、『ハワイで撮ったように見える写真をこの家で撮りたい』って言おうとしたんだけど」

「あ、そうなんですか。……ですよね、すいません、セレブは本気でそんなことのためにハワイまで行くのかと思って間髪《かんはつ》入れずに突っ込んじゃって。……でもどうやって……？」

彼はリビングに向かい、リモコンを操作するとウィーンと上から大きなホームシアターのスクリーンが下りてくる。

「ここにハワイとかいい感じの背景を映して、諫山くんに撮ってもらおうと思ってるんだ。フォトスタジオを借りたりすると、余計な人に見られちゃうしね」

「……は、はぁ」

ちょっとした映画館サイズのスクリーンにあんぐりしていると、彼がまた唐突に話題を変えた。

「春真くん、君は今後同性の顧客からのデートの依頼があって、街中で腕を組んでくれって頼まれたら、やるの？」

まだレンタルデートの話にこだわってるのか、と内心首を捻《ひね》りつつ、

「……そうですね、街中でやれという方がいるかわかりませんけど、もし言われたら、やります。仕事なので」

と率直に答えると、彼は「……なるほど」と呟いてから言った。

「じゃあ、春真くん、僕とも仕事で腕を組んでくれるかな。実家に行ったときそうやって歩くところを見せたいから、いまから一緒に歩く練習をしてくれる？」

そう言って左肘《ひだりひじ》を軽く曲げ、くいくいと動かして促《うなが》してくる。

「……あ、はい、わかりました」

本物らしく振る舞うために必要な練習ならやらないと、と春真は相手の半歩斜《なな》め後ろから、腕の隙間に右手を添える。

奥ゆかしい恋人なら、家族の前でこれみよがしにべたべたするのは恥ずかしがるだろうし、そっと添えるくらいで丁度いいだろう、と自分でキャラづけして手首だけ軽くぐらせると、ぐっと引っ張られて肘まで絡《から》められ、肩や腕を密着させられる。

え、と驚いて隣を見上げると、

「もうちょっとがっちり腕にすがりついて、頭もぺとっとこちらに寄せてもらえるかな。顰《ひん》蹙《しゅく》買うくらいの熱愛カップルに見せかけたいから」

とにこやかに指示される。

「……は、はぁ……」

内心マジか、と思ったが、依頼人の希望なので、おずおず相手の左腕を両手で抱え込んで頭をこつんとくっつける。

「……こんな感じで、大丈夫ですか……？」

「うん、ありがとう。じゃあ、ゆっくり歩こうか」

笑顔で促され、無駄にスペースのある長くて広い廊下を並んで歩きだす。

なんで家の中でこんなことを……、と若干状況に疑問を覚えるが、外に出て道端でやったらもっと変だし、これは仕事の一環なんだから、と自分に言い聞かせながら歩く。

本気でこんな風に歩くバカップルだと家族に見せつけたいなら、当日お母様のバースデーケーキを「慧吾さん、これ超美味《おい》しいよ。あーん」と食べさせたりする天真爛漫《てんしんらんまん》キャラを演じてくれとか言われたりするかも。

それはちょっと難易度が高い、と内心動揺しながら春真は隣を見上げる。

「あの、慧吾さん、ちょっと確認したいんですけど、僕はどんなキャラ設定のパートナーを演じればいいでしょうか。たとえば大人しくてなんでも慧吾さんの言う事に逆らわない従順なタイプとか、歳の差をいいことに甘えまくる小悪魔系とか、若いのに意外としっかり者で尻に敷くタイプとか、いろいろご希望があると思うんですけど」

その通りに演じられるかわからないが、一応オーダーに沿ったタイプを目指そうと思いながら問うと、彼はくすりと楽しそうに笑った。

「どれも魅力的だけど、素の春真くんに近いキャラでお願いしたいな。本当の君について知りたいから、よかったら生《お》い立ちから聞かせてくれる？」

「……あ、はい……」

本当の自分は叔父への不毛《ふもう》な片恋をこじらせた親のいない子で、聞いて楽しいエピソード満載の明朗《めいろう》キャラじゃないし、すこし脚色《きゃくしょく》したほうがいいだろうか、と口ごもりながら考えていると、彼が自分の寝室の前で足を止めた。

まだ廊下の突き当たりまでは距離があり、歩く練習なのに、なぜここで止まるんでしょうか、と相手に視線で問うと、にこっと見おろされる。

……そんな無害そうな微笑みを浮かべながら、やっぱりベッドに連れ込む気なんだろうか……、と春真は固まる。

突然腕を組んで歩こうなんて言い出したから、なんかおかしいと思ったけど、最初から寝室に連れてくるのが目的だったんだろうか。

家が広すぎて強引に担《かつ》いで連れ込むと途中で暴れられたら困るから、一緒に歩かせて連れてきたのかもしれないし、『本当の君を知りたい』って、中身じゃなく身体を知りたいという意味だったのかも……と内心引《ひ》き攣《つ》る。

まさか、そんなの契約外だし、キャメロットは性的サービスは厳禁だし、もし中に引きずり込まれたら、『中桐社長に去勢するって念書を書かされたんじゃないんですかっ!?』と糾弾してやる、と身構えたとき、

「ちょっとここで待っててくれる?」

と彼が組んでいた腕をほどいてひとりで中に入った。

……あれ？　と一瞬肩すかしを食らいつつ、ホッと小さく息をつく。

でもまだなにが起こるかわからず、両の拳《こぶし》を握りしめて構えながらじりじり後ずさっていると、すぐにドアが開いた。

彼は片手に畳《たた》んである白い布地を載せ、

「春真くん、これに着替えてくれるかな。そんなかっちりした服でかしこまったまま話をしても、なかなか素が出せないと思うけど、楽な恰好でだらっとしながらしゃべったら、早く打ち解けられるんじゃないかと思って。一緒にパジャマでボーイズトークしよう」

「え……」

三十なのにおまえまでいけしゃあしゃあと『ボーイ』と言うなって思ってる？と笑いながら差し出されたのは、胸ポケットに錨《いかり》の刺繍《ししゅう》が入った光沢《こうたく》のあるシルクのパジャマだった。

「……パジャマでトーク、ですか……？」

にこやかに頷かれ、相手は本当にただおしゃべりして打ち解けようとしただけみたいなのに、自意識過剰に警戒しすぎてしまった、と春真はかぁっと赤面する。

「……えっと、はい、僕も慧吾さんとは早く打ち解けたいし、おしゃべりには賛成ですけど、自分のパジャマを持ってきてるので、そっちを着ますね」

きっとサイズも違うし、わざわざ高そうなパジャマを借りるのは申し訳なくてそう言うと、彼は軽く残念そうに眉尻を下げた。

「そう？　どうせなら、ペアルックがいいかなと思ったんだけど。熱愛感の醸成《じょうせい》に、手っ取り早く形から入るのもアリかなと思って」

「……ペアルック……」

またこの顔で言われると意表を突かれることを……、『慧たん&春りん』の次くらいにびっくりしたよ、と思いつつ、

「……わかりました、お借りします」

と春真はパジャマを受け取る。

彼は機嫌よく微笑み、

「ありがとう。じゃあ、僕も着替えてからリビングに行くから、君も着替えたら来てくれるかな」

ともう一度自分の寝室に戻っていく。

春真はパタンと閉じたドアに向かって思わず苦笑を噛み殺す。

やっぱりちょっと変な人だけど、なんだかすこし面白いし可愛いような気がしてきてしまった、と思いながら部屋に戻り、着ていた服を脱いでパジャマに袖《そで》を通す。

するりと滑《なめ》らかな着心地のパジャマは嗅《か》いだことのない上品な香りがした。

さすがセレブ御用達の柔軟剤、と感心しながらすこし長めの袖口の香りを嗅ぎ、ズボンの裾《すそ》

を撓《たわ》めたままリビングに向かう。

すでに相手は着替えてソファに掛けており、春真を見るとにこっと笑って、トントンと隣の席を叩いた。

同色のペアルックではなく、彼は黒地で胸ポケットに白糸の錨の刺繍のある色違いのパジャマを着ていた。

なんとなくそっくり同じ色じゃないところが、却って本当のカップルがやりそうなお揃いみたいで、妙に気恥ずかしくなる。

軽く会釈して相手の隣に掛けると、彼はソファの背もたれに片肘をついて春真のほうを向き、にこやかに言った。

「春真くん、猥褻《わいせつ》目的じゃなくて、熱愛感の醸成の一環で、軽くスキンシップしながら話をしてもいい？　恋愛初期で舞い上がってるカップルは、隙あらばくっついてるものだし」

優美な微笑で提案され、さっきは考えすぎで余計な警戒をしてしまったけど、たぶんこの人は僕に邪《よこしま》なことをする気はないみたいだし、並んで肩を組むくらいなら、と春真は「はい、スキンシップですね、了解です」と頷く。

彼は「ありがとう」と微笑み、

「じゃあ、どっちがいい？　向かいあって君が僕の膝に跨《まなが》って座るのと、君が僕の膝に膝枕で寝っ転がるのだったら」

とまた選びにくい二択を強いてくる。

「……え？」

それは軽いスキンシップとは言わないのでは、と春真は目を瞬く。

「……そ、それ以外はないんですか……？　たとえば肩を抱くとか……」

別に進んで肩を抱かれたいわけではないが、相手の挙げたものより難易度が低いポーズを逆提案すると、彼はやんわり首を振る。

「それは一緒に映画を見るときに取っておこう。話をするときは、君の顔や表情をよく見たいから」

「……はぁ」

表情を見たいって、嘘とか脚色とかしてないか、目を見て確かめたいのかな。

その二択ならどっちがマシだろう、としばし迷ってから、春真はおずおず口を開いた。

「……あの、じゃあ、膝枕でお願いします……」

消去法でより恥ずかしくないほうを選ぶと、彼はにこやかに頷いて、招くようにポンポンと膝を叩いた。

自分が相手にしてあげるならまだしも、依頼人にこんなことさせちゃっていいのかな、と戸惑いつつ、春真はソファの座面にのろのろ両足を載せる。

顔がよく見える体勢なら仰向《あおむ》けだろうけど、なんか恥ずかしいし変だから、横向きでいいか、と「……じゃあ、失礼します……」と相手のほうを向いて腿《もも》に頭を乗せて横になる。

チラ、と見上げると、目許口許に飼い猫でも愛《め》でるような微笑を浮かべて見おろされる。

なんだかよくわからないけど、機嫌よさそうだからまあいいか、と思いながら、

「あの、足が痺《しび》れそうになる前に言ってくださいね。次は僕が慧吾さんを膝枕しますから」

と言うと、「ありがとう。じゃああとでやってもらおうかな」と彼は柔和に微笑む。

筋肉質の腿が硬くて高いので、いまいちリラックス感はなかったが、頬に当たるシルクの感触は心地よく、すこし身体の力を抜く。

頭上から、

「春真くん、今更なんだけど、君が二ヵ月も家を出て、ここに住むことを、おうちの方はすんなり許してくれたのかな」

急だったし、大丈夫だった？　と気遣わしげに問われ、春真はすこしためらってから事実を伝えた。

「……えっと、実は、ほんとのことを言うと許してもらえないかもと思って、研修期間中は社員寮に入ることになったって、嘘を吐いちゃいました……」

自分も叔父離れできていないが、紘もかなり過保護で心配性なところがあり、男性と仕事で同居すると話したら、きっと相手はどんな人か、どんな依頼なのかと問い質《ただ》されて、ゲイだと言ったら余計な心配をして反対しそうだったので、中桐にも口裏を合わせてもらって電話で説

明してもらい、毎日連絡を入れるからと約束して許してもらった。

「……そうだったんだ。申し訳なかったね、嘘を吐いて出て来てもらっちゃって」

済まなそうに詫《わ》びられ、春真は慌てて首を振る。

「いえ、元々近いうちに家を出るつもりだったんです。この仕事が終わったらアパートを借りようと思ってるし、ちょっと早まっただけなので、全然気にしないいください」

そう言うと、彼はすこし考えるような間を空けてから口を開いた。

「……差し支《つか》えなければ、君のご家族のことを聞いてもいいかな」

相手の慎重な言い方に、もしかして早く家を出たがっていると聞いて、虐待《ぎゃくたい》されてるとか、なにか問題のある家庭と思われちゃったのかな、と春真は唇を軽く噛む。

自分の生い立ちは大抵の人に不憫《ふびん》がられてしまうので、進んで話したいことではないが、二ヵ月同居する相手なら、本当のことを言うべきかも、と春真は極力淡々と聞こえるように切り出した。

「えっと、僕、両親がいなくて、叔父に育てられたんです。母は僕を産んだ日の夜、大量出血しちゃって、輸血しても間に合わなくて、そのまま亡くなったって聞きました。父は男手ひとつで僕を育ててくれてたんですけど、四つのときに交通事故で……。両親とも若い頃に親を亡くしてて、身よりは父の弟の叔父しかいなかったので、二十四で四つの甥《おい》っ子を押し付けられて、叔父はほんとに大変だったと思うんですけど、親がいなくて淋しいと思う余地もないくらい、可愛がって育ててくれました」

だから、ほかには誰もいらないくらい、特別な人になってしまったんです、という事実は胸の中だけに留める。

彼は「……そうなんだ。そんな早くにご両親を……」と呟いて、しばらく黙りこんだ。

やっぱり引いちゃったかな、両親揃った普通の子という嘘設定にしとけばよかったかも、とぐるぐる考えていると、

「……ひとつ聞いていいかな。叔父さんとそんな良好な関係なのに、どうして早く家を出たがるの？」

と静かに問われた。

相手は勘当されて家を出たという事情を思い出し、うまくいっているならどうして、と思ったのかもしれない、と春真は瞳を揺らす。

春真はすこし唇を湿らせて、なるべく余計な感情が滲《にじ》まないように気をつけながら答えた。

「……えっと、高三になってから叔父に交際相手がいるってわかって、でも僕が二十歳になるまで結婚はしないって決めてるっていうから、僕のことは気にせず早く結婚してほしかったんです。ずっと僕のために自分の人生を犠牲《ぎせい》にしてくれてたし、もうこれ以上お荷物になりたくなくて、のうのうと大学に行かせてもらってる場合じゃないと思って。僕が自立すれば叔父も枷《かせ》がなくなって楽になれるし」

もちろん全部が嘘ではないが、本心の半分は絃に結婚なんかしてほしくないし、相手の女性もいい人だとわかっていても消えてくれればいいのにと思う黒い気持ちもある。

でもそこまで包み隠さず依頼人に打ち明ける義務はないし、純粋に叔父の幸せだけを願う健気《けなげ》な甥を装《よそお》う。

彼は「なるほど」と呟いて、すこししてからそっと春真の髪に片手を当てて静かに撫でながら言った。

「……君の叔父さんと面識があるわけじゃないけど、叔父さんは君を『押し付けられた』とか『枷』とか『お荷物』とか、そんな風には思ってないんじゃないかな。もし君のご両親にご不幸がなければ、叔父さんも別の道を選べたかもしれないけど、だからって犠牲になったとか、いないほうが楽だったなんて思ってないと思うよ。叔父さんにとっても唯一の身内で、本心から甥が可愛くて大切に育てたんだろうなって、君がまっすぐ育ったことで証明できるし」

「……」

もし誰かにそんな風に言ってもらえたら、と思う言葉を口にしてくれた相手を春真は黙って見上げる。

今日会ったばかりで、すこし話を聞いただけの、自分たちのことをよく知らない相手の言葉など、ただの気休めだろうと頭ではわかっているのに、心が安らいだ。

いままで絃の口から自分の存在が負担だとか重荷だと言われたことはないし、態度にも出されたことはないが、紘にとっては望んで得た家族ではなく、引き取らざるを得ない状況で背負《しょ》いこんだお荷物だと春真自身が負《お》い目に感じてきた。

もっと子供のとき、紘に「僕がいて、迷惑じゃない？」と聞くたび、「迷惑なもんか。なに言ってんだ」と毎回否定してくれたが、いくら本人の口から聞いても気を遣ってくれてるだけかも、と鵜呑《うの》みにできずにいた。

でもいま相手に聞きたかった言葉を言ってもらえたら、なぜか信じてもいいような気がした。たぶん彼が顧客で、自分に心にもないことを言って媚《こ》びる必要のない相手なので、わざわざ嘘なんか言わないだろうと思えたからかもしれない。

じっと見上げていると、穏やかな眼差しで見つめ返される。

「君は血縁運はすこし薄いかもしれないけど、家族運には恵まれたんだね」

優しく髪を撫でながら言われ、「……え」と春真は軽く目を瞠る。

身の上話をしたあとに、そんなコメントをされたのは初めてだった。

「……そう、ですね。恵まれたと思います」

自分もこんな返事をしたのは初めてで、春真は相手を見上げて小さく笑みを返す。

大抵は痛ましげな言葉が返ってくるのに、珍しくポジティブな言葉を言ってもらえて意外だったし、わかってもらえて嬉しかった。

人に不憫がられると、自分を産まなければ母は死ななかったかもとか、父も育児と仕事で疲れてなければ暴走車を避けられたかもとか、若かった叔父の人生を変えることになったのも、全部自分のせいかもと思わずにはいられなかった。

両親のことは写真の顔しか記憶にないが、親の分まで紘が愛情を注《そそ》いでくれたから、不幸だと思ったことはないのに、可哀想だと言われるたび、自分は薄情で不謹慎《ふきんしん》な人間だと罪悪感に駆られた。

でも彼は自分の欠けた部分ではなく足りている部分に目を向けて、親のいない不運な子ではなく、いい叔父に恵まれた運のいい子と誰も言わない表現をしてくれた。

もしかしたら、彼は血縁運には恵まれても、家族運に恵まれたとは言えないから、すこし羨《うらや》ましげなニュアンスで言ってくれたのかもしれない。

相手の背景ももっと詳しく知りたいな、と思ったとき、彼にまた質問された。

「叔父さんが結婚したあとも、君も家を出ないで奨学金で進学するという選択肢はなかったの？　もし金銭的な負担を考えて諦めたんだとしたら」

お金の問題じゃなく別の問題があったんです、とは言えず、不自然じゃないように言葉を選びながら答える。

「でも、こんな大きなコブがいたら、相手の女性も嫌かなって。その人は叔父の会社の同僚で、最初学校帰りに突然声かけられて驚いたんですけど、叔父と結婚したいから応援してくれないかって言われて、そういう人がいたんだって初めて知りました。叔父は僕に隠してたんですけど、彼女は早く僕と仲良くなって外堀《そとぼり》を埋《う》めたかったみたいで。何度かうちにご飯食べに来て、人柄もわかったし、うまくやれないことはないと思うけど、新婚生活に混じるのって、気を遣うじゃないですか、こっちも。絶対になりたい職業とかもなかったし、大学行かなくても手に職つければいいかなって思ったとき、ふとキャメロットのことを思い出したんです。どうせ働くなら、興味のある仕事がいいなと思って、熱い意気込みを書いた履歴書を送りました」

ひとときでも誰かの淋しさを埋める手伝いができたら、自分の心の空洞《くうどう》も埋められるような気がして、どうしてもこの仕事がしたいんです、と面接でも熱く訴えたら、運よく中桐に拾ってもらえた。

「それで卒業と同時に就職して、研修を受け始めてすぐ、慧吾さんからオファーがあって、いまに至ります」

そうまとめて相手を見上げると、

「よくわかったよ。ありがとう、個人的な話を聞かせてくれて」

と微笑で労《ねぎら》われる。

礼を言われるようなことはしていないが、相手が口癖のように言う「ありがとう」の言い方は上品で耳に心地よく、この口癖は嫌いじゃないかも、とひそかに思う。

結局紘への恋心以外、ほとんど脚色《きゃくしょく》もせずに生い立ちを話してしまったが、相手はマイナスイメージは持たなかったようだし、彼に話したことで、自分の中にうっすら残っていた、この道を選んで本当によかったんだろうかという不安が消えたような気がした。

不毛な片想いを断ち切るために勢いで選んだ道だけど、もしキャメロットのキャストの仕事を選ばなければ、こんな不思議系のセレブと関わることもなかったし、普通ならできない経験もできて、自分の人生は面白い方向に転がってるから、たぶんこの選択で間違ってない、と思えた。

もっと頑張って依頼された仕事を完璧にこなしたい、と春真はむくっと身を起こし、慧吾の隣に正座した。

「慧吾さん、僕の半生は今お聞かせした通りで、慧吾さんみたいなセレブとは、レンタル以外のきっかけでは出会う可能性は皆無《かいむ》の馬の骨なんです。だから、もしご家族から本当かどうか問い詰められたときに答えられるように、嘘の馴《な》れ初《そ》め話とか、生涯を共にしたいと思うまでの展開や、お互いにどこに惹かれたかとか、すべて捏造《ねつぞう》して共有しておかないといけないと思うんですけど、どういうストーリーにしましょうか?」

両膝に手を載せて身を乗り出すと、彼は背もたれについた片肘に頬杖《ほおづえ》しながら楽しげな瞳で微笑む。

「それを考えるのはすごく楽しい作業だろうね。……でも春真くんは馬の骨なんかじゃないよ。君は僕が十八の頃とは比べものにならないくらいしっかりしてて、賢くて面白くて可愛い、とても素敵な子で、いつか出会う誰かのかけがえのない宝物になるんだから、自分で価値を下げるような言い方をしちゃいけないよ」

「……」

じっと目を見つめながら、ふんわりした口調で告げられた気障《きざ》で甘い言葉に、思わずかぁっと顔が赤らむ。

なに言ってるんですか、そうやって遊び相手を口説《くど》くんですか、僕を誉めたってなにも出ないし、免疫《めんえき》がないから迂闊《うかつ》に照れくさいことを言わないでください、と心の中でわたわたしながら突っ込み、ハッと我に返る。

……いや違う、勘違いするな、これは素の僕に言ってることじゃなくて、レンタルのパートナーに熱愛感を醸しださせるために言ってるだけだから、動揺する必要はないし、こっちも乗っかって演技すればいいだけだ。

「……えと、『もうっ、慧吾さんてばっ』」

照れる恋人を装ってパシッと軽く相手の腿を叩きながら言うと、

「すごく棒読みだね」

とにっこり笑ってダメ出しされる。

「……すいません。もうちょっと練習させてください」

赤面して頭を下げ、春真は気持ちを切り替える。

「慧吾さん、僕たちがどうやって出会ったかという捏造ストーリーを詰めたいんですが、三十歳の青年実業家と十八歳の庶民が出会うきっかけって、一番不自然じゃないのはナンパだと思うんですけど、どうでしょう？」

実際にやったことはないが、春真の認識ではゲイの出会いは二丁目のバーか、ネットで仲間を見つけるのが定石《じょうせき》と思われる。

「ナンパか。したことないな」

品よく呟かれ、春真は軽く目を眇《すが》める。

「……そりゃ、いつもは相手から寄ってくるんでしょうけど、僕の場合はそういうわけにもいかないじゃないですか。もし僕から慧吾さんに近づく設定だと、ありえそうなのは親のいない孤独な少年の僕が、淋しさを紛《まぎ》らわすために夜の街でウリをしているとき、接待帰りの慧吾さんに偶然出会い、『お兄さん、僕とイイコトしない？』とか金持ちそうだから引っかけて、お互い一夜の遊びのつもりだったのに本気になっちゃう、みたいな展開だと思うから、未成年の男娼《だんしょう》を買う設定は慧吾さんのイメージダウンになると思います」

子供の頃からひとりで紘の帰宅を待つ間にあれこれ空想して暇つぶしをしていたので、創作は得意である。

彼はくすくすおかしそうに笑い、

「よく思いつくね。でもその設定だと君が不特定多数の男と関係してることになっちゃうから、却下しよう。じゃあ、僕から君をナンパする設定でなにか考えてみてくれる？」

と瞳にわくわくした色を覗かせながら言う。

春真は「そうですね」とすこし考え、

「ゲイバーのカウンターでナンパじゃ王道すぎるから、ちょっとひねりを加えて、僕が二丁目に初めて行くんですけど、慣れてないからどこに入ったらいいのかわからなくてうろうろしてたら、ヤクザなAVスカウトに声かけられて雑居ビルに連れ込まれそうになったとき、通りすがった慧吾さんが『やめたまえ！』って颯爽《さっそう》と助けてくれて、ズキューンと恋に落ちるっていう出会いとかどうですか？　まあ、これもありがちですが」

と提案すると、彼が楽しげに笑う。

「いいね、『〜したまえ！』って言ったことないけど。……いまのでもいいんだけど、夜の街で出会う設定は、君の年齢を考慮すると再考の余地があるかもしれない。昼間にどこかで偶然出会えないかな。共通の知人の紹介とか」

春真はしばし黙考《もっこう》してから言った。

「でも、いまのところ共通の知人は中桐社長しかいないから、キャメロット絡みってすぐ繋がっちゃうと思うんです。架空《かくう》の知人を作るのでもいいけど、覚えなきゃいけない嘘設定が増えるとこんがらがるし、なるべくシンプルな出会いにしませんか？」

「わかった。じゃあ、行きつけの店が一緒で客としてバッタリ出会うとかは？　同じ商品を手に取ってハッという展開、映画やドラマのひとめ惚れによくあるし」

春真はむっつりと眉を顰め、首を振った。

「却下です。慧吾さんが普段行くようなお店に僕が行くわけないでしょう。今日だって諫山さんと行った洋服屋さんとか、あんな百ヵ所くらい、手の指まで採寸するようなとこ初めてだったし、美容院もアルプスから今朝空輸《くうゆ》した炭酸水でヘッドスパするようなヘアサロンに行ってそうだし。逆に僕の行きつけの激安スーパーに慧吾さんが来るわけないし、僕の落とした買い物メモを慧吾さんが拾ってくれて『落としましたよ』と言われてズキューンとかありえないじゃないですか。大嘘の中にも若干の真実を混ぜないと、リアリティのある嘘にはならないと思います」

つい相手は依頼人だという遠慮も忘れ、なにありえないこと言ってんだ、作り話は細部をおろそかにしちゃダメなんだ、とびしびしダメ出ししてしまう。

ここまでしばし一緒に過ごしてみて、相手はよほどのことじゃないと怒ったりしなさそうな穏和《おんわ》なタイプと思われ、多少礼を失しても気を悪くしないような気がしたし、本物感漂《ただよ》うカップルを演じるためには遠慮してばかりもいられない。

春真に素でズケズケ意見されても相手はにこやかなまま、

「そんなヘアサロンは行ってないんだけど……じゃあ、こういうのはどうかな。僕が身体を鍛《きた》えようとボクシングジムに行ったら、春真くんも来てて、小さくて可愛いのに強い子がいるって、僕がキュンとして声をかけるっていうのなら、ありえるんじゃないかな」

と提案してくる。

春真はすこし考えてから、こくりと頷く。

「そうですね、『小さい』は余計ですけど、それなら場所的に不自然じゃないかもしれません。じゃあ、出会いはそういうことにしましょう。それで慧吾さんが怒濤《どとう》のアプローチをしてきて交際が始まるんだけど、僕は庶民でセレブとは釣り合わないし、ひと回りも年下だし子供も産めないし、慧吾さんのことは好きだけど、パートナーなんてなれっこない……！　って悩んで逃げて一波乱あって、『身分違いなんて関係ない。僕には君が必要なんだ、君じゃなきゃダメなんだ』って慧吾さんが言って、『嬉しい、僕もあなたじゃなきゃ』って晴れて僕も麻布十番の住人になった、って感じでいいですかね、大筋は」

相手に任せるとプロポーズは打ち上げ花火を花園のように見おろす東京上空のヘリの中で、とか言い出しかねない気がしたので、春真ひとりでざっくりまとめると、彼は楽しげに軽く拍手した。

「いい話だね。嘘なのにすれ違いからの盛り上がりに思わずキュンときたよ。君は脚本を書く才能もあるんじゃないかな」

またふんわりさらっと調子のいいことを、と薄赤くなりながら春真はきびきび言った。

「ありがとうございます、創作は得意なんです。じゃあ、捏造の馴れ初め話がまとまったところで、今度は慧吾さんについていろいろ教えてください。趣味とか特技とか、初恋はいつかとか、あと脱がなきゃわからない身体の特徴的な傷とか。パートナーなら知ってて当然の情報を知らないと、『そんなことも知らないとは、君は本当に息子のパートナーなのかね⁉』って疑われちゃうし」

過去に読んだ「なりすましネタ」のマンガや小説を参考にして提案すると、

「んー、特に身体に傷はないと思うんだけど、春真くんにはあるの？」

と問い返された。

一応自分のことも教えておくべきかと春真は頷いて、

「たいした傷じゃないんですけど、右の脇腹に昔キャンプで木から落ちて縫った傷跡と、自分じゃ見えないんですけど、背中の下のほうに小さい三日月みたいな薄い痣《あざ》と、その上の目と鼻みたいな位置にホクロが三つあって、よく叔父とか部活の仲間から顔みたいって言われてました。あと、つむじが二つあります」

どうでもいいネタだが、親しくないと知らない情報を伝えると、彼は「へえ」と興味深そうに呟き、「ちょっと見せてもらってもいいかな」とさらりと言った。

「え。つむじを？」

「いや、顔みたいな痣とホクロのほう」

にっこり笑みかけられ、春真は数秒黙る。

別に人面瘡《じんめんそう》みたいな迫力のあるものじゃないし、わざわざ見るほどのものじゃないと思うん

だけど、と躊躇していると、

「ちらっと見るだけでもダメかな。聞いただけじゃ大きさとかイメージしにくいし」

と重ねてリクエストされ、「……わかりました」と春真はソファから降りて立ち上がる。

別に股間とか見せるのに困るような場所にあるわけじゃないし、もじもじするほうが自意識過剰みたいだし、さっさと見せちゃおう、と潔《いさぎよ》くパジャマの裾《すそ》をまくり、すこしズボンのウェストを下ろして、

「たぶん、この辺なんですけど」

と後ろ手で腰のあたりを示すと、背後で相手がギッと背もたれから身を起こした気配がした。

「あぁ、ほんとだ。もっとニヤッとしてるのかと思ったけど、可愛い笑い顔に見えるね」

相手がそこにかなり顔を寄せているのが、たくしあげたパジャマに軽く前髪が当たる感触でわかった。

かすかに息も当たって、ただ背中を見られているだけなのに、なぜか妙に恥ずかしくなり、春真はパッとパジャマの裾を下ろし、「終わりです」と店仕舞いする。

すこし上気してしまった頬の色を誤魔化《ごまか》すために勢いよくソファに戻り、てきぱきした口調で春真は言った。

「今度は慧吾さんの番です。身体の秘密はないみたいだから、ご家族のこととか、学生時代のこととかいろいろ知っとくべき情報をください。……あ、そうだ、さっき約束したから、今度

は僕が膝枕しますね」

背中の痣の次は脇腹の傷を見せろなどと言われないうちに身動きを封じてしまおうと、「ここにどうぞ」と腿を手で示す。

彼はすこし眉を上げ、

「ありがとう。じゃあ、遠慮なく」

と優雅な動きで春真の脚に頭を載せてソファに横たわった。

口元に微笑を浮かべてじっと下から見上げられ、なんで真上向くのかな、と春真は平静を装いながら内心戸惑う。

なんか照れくさいし、鼻の穴まで覗かれそうで恥ずかしいから嫌なんだけど、と心の中で文句を言い、

「……あの、できればあっち向いてもらえませんか……？」

といたたまれずに頼むと、彼は軽く眉を寄せた。

「それだと君の顔が見えなくなるから嫌だな」

「……」

なに言ってんだ、この人はさっきから、と春真は内心困惑と照れくささで言葉に詰まる。

……もしかして、この人は僕の顔が好きなんだろうか。

相手のほうがよっぽど綺麗な顔だし、調子に乗ってるみたいでおこがましいけど、さっきか

らやたら顔を見たがるし、どうもそんな気がする。

キャメロットのイケメン率の高いほかのキャストの画像も見たうえで自分を指名してくれたのは、顔が気に入ったからなのかも。

本人に「僕の顔が好みなんですか?」なんて厚かましくて聞けないけど、たぶん嫌いな顔ではないという気がする。

もしひとめ惚れしたとかなら、もっとハンターみたいな目つきをされるだろうけど、この人はふんわり穏やかな眼差しだし、単に生理的に受け付ける顔で、二ヵ月見続けても不愉快じゃなさそうだから選んだんだろう。

生まれつきの顔立ちは自分の努力で得たものじゃないけど、嫌いと言われるよりは好みと思われるほうがいいし、真下から凝視《ぎょうし》されても我慢しよう、と言い聞かせ、

「……えっと、慧吾さんの家族構成を伺ってもいいですか?」

と十日後に備えて前情報をもらって心積もりをしておきたくて訊いてみる。

「両親と、兄と弟がいるよ。名前は父が修輔《しゅうすけ》、母が彩也子《さやこ》、兄が脩吾《しゅうご》で弟が悠吾《ゆうご》。歳は父が今年六十で、母が五十七、兄が三十三で弟が二十八かな。兄も弟も系列会社の重要ポストに就《つ》いてて、もう結婚もして兄には子供もいて安泰《あんたい》なんだから、今更ドロップアウトした次男なんか思い出してくれなくてもいいんだけどね……」

と彼が小さく溜息をつく。

「なるほど」と頷きながら、ドロップアウトなんて、単に親の敷いたレールから外れただけで、自力でこんなとこに住めるほど成功してるんだから、そっちこそ自分の価値を下げるような言い方はしなくてもいいのに、とひそかに思う。

春真は中桐から得た前情報から、

「……あの、お父様がご病気だと伺ったんですけど……」

と神妙に訊ねる。

もしももうすぐ会えなくなるなら、生きているうちに和解してわだかまりをなくすのも親孝行になるのでは、と孝行できる親がいない身として思っていると、

「それもね、癌だって騒ぐから末期なのかと思ったら、実は前立腺《ぜんりつせん》の腫瘍《しゅよう》で治療の必要のない小さいものだったんだって。なのに死ぬ前に安心させろって今言われてもね」

と彼は困った顔で苦笑いする。

春真は他人事ながらややほっとして、

「そうだったんですか。でも、いますぐどうこうっていう深刻な病状じゃなくてよかったですね」

とフォローすると、「まあね」と彼は渋々の表情で同意する。

だいぶこじれちゃってるのかな、と感じはしたが、遠慮がちに春真は言った。

「……あの、僕は身内が叔父しかいないから、せっかくいる親が歩み寄ってるのにわざわざ縁

を切るとか、ちょっともったいないような気がしちゃいます……。向こうもいまは勘当したことを悔やんでて、病気にかこつけてコンタクトを取ってきたのかもしれないし、関係を修復したい気持ちがあるんじゃないでしょうか」

自分の仕事は依頼を忠実に遂行《すいこう》することだとわかっているが、心情的に関係断絶より円満修復の手伝いのほうが気が楽なので、つい個人的感情で伝えると、彼はうっすら不快の色を瞳に浮かべた。

「……悪いけど、この件については君の意見は尊重できない。誰もが君と叔父さんみたいに心の通う家族関係を築けるわけじゃないんだよ。父が僕に望むのは服従だけで、理解する気も歩み寄る気もないいんだ。子供の頃は圧政《あっせい》に耐えるしかなかったけど、いい大人になってまで生き方に口を出されたくない。勝手に選んできた縁談相手と結婚なんかできないし、自社を手放す気もない。でもそう正攻法で主張しても聞く耳を持ってもらえないから、こんな方法を選んだんだよ」

逆鱗《げきりん》に触れてしまったかも、と春真は焦りで身を強張らせる。

「……すみません、なにも知らないのに余計なことを……」

ずっと穏やかだった相手の静かな怒りに、感情的に怒鳴られるより緊張する。

本当の恋人でも友人でもないのに僭越《せんえつ》なことを言うべきじゃなかった。

人それぞれいろんな環境で育っているんだから、自分が漠然と抱くイメージだけで、どんな親でもいたほうがマシなんじゃないかと思うなんて、浅慮《せんりょ》だった。

人によってはいないほうがマシな家族だっているだろうし、断絶したほうが楽になれる関係だってあるからレンタルされたのに、迂闊に私見を口にして依頼人を怒らせたりして、中桐社長にクレームが行ってキャストチェンジされるかも……、とおののいてもう一度詫びようとしたとき、下から片手が伸びてきて眉間をチョンとつつかれた。

ハッと目を瞠ると、また柔和な瞳で気遣うように見つめられる。

「……ごめんね。ちょっと言い方がきつかったかな。別に怒ってないし、責めてもいないから、ここに皺《しわ》寄せないで？　君のそんな顔は見たくないんだ。僕も気をつけるから、ここにいる間は悲しい顔はしないでくれる？」

ふんわりと頼まれ、

「……わかりました」

と春真は意識して笑みを作りながら頷く。

水に流してくれる様子に安堵しつつ、もうしくじらないようにしなくては、と自分に言い聞かせる。

プロのキャストなら、相手のリクエストにいちいち疑問は差し挟まずに遂行すべきだし、顧客もそれを期待して対価を払っている。

相手が自分に求めているのは「本物の熱愛パートナーらしく振る舞うこと」と「いつも笑顔

で悲しい顔を見せないこと」で、本音でしゃべる話し相手としてレンタルされたわけじゃないと肝《きも》に銘《めい》じなければ。

彼はやや気まずくなった雰囲気を払うようにさらりと話題を変えた。

「君に二ヵ月分の生活費を先にまとめて渡しておくから、食費とか必要な買い物はそこから出してくれるかな」

「わかりました。ちゃんと出納帳《すいとうちょう》をつけてレシートを貼って提出しますので」

家でも家計簿をつけてたし、無駄使いや横領《おうりょう》はしないから安心してください、と胸を張ると彼はくすっと笑った。

「そんなこと疑ってないし、一円まで収支を追及したりしないから、好きなもの買っていいよ」

「え……」

出納チェックもせず好きに使っていいなんて、そんな緩い会計管理でいいのか、と普通の勤め人の絃の給料からちまちまやりくりしてきた身として驚く。

自分を信用してくれるのはありがたいし、セレブには百万以下ははした金なのかもしれないが、やや危機感が薄いのでは、と心配になる。

春真は言おうか言うまいか迷ってから、相手を窺いながらおずおず切り出した。

「……あの、もう余計なことは言わないつもりだったんですけど、ちょっとだけ気になって……、慧吾さん、見ず知らずの人間を住み込みで雇《やと》って、昼間仕事の間長時間放置するとか、生活費を渡しっぱなしとか、ちょっと警戒心が薄すぎるんじゃないでしょうか……。僕は絶対に悪いことはしないから大丈夫ですけど、もし悪党だったら、生活費を使いこんだり、金庫を探したり、金目のものを持ち逃げしたりするかもしれないじゃないですか」

ちょっと人を信用しすぎなのでは、と鷹揚《おうよう》すぎる依頼人の今後を案じて進言すると、相手は軽く目を見開いて苦笑した。

「警戒心が薄いって、そっくり君に返すよ。君こそ、ゲイだって公言《こうげん》してる見ず知らずの依頼人の家に住み込むなんて、普通もっと警戒して迂闊に引き受けないと思うよ。僕だから大丈夫だけど、ほかのケースでは絶対安易に引き受けちゃダメだよ。なにかあったら困るから」

「……」

自分で依頼しておいて、引き受けたら迂闊だと言われるなんて理不尽な、と春真は口をはくはくさせる。

「……ちょっと待ってください。僕だってまったく誰とも面識のない依頼人なら断りましたよ。でも今回は中桐社長の後輩で、紳士的なセレブだから大丈夫って言われたから、社長の友人としてのあなたを信用して引き受けたんです。それに僕はボクシングの前は極真空手《きょくしん》も習ってたし、いざとなったら身は守れると思ったし、ちゃんと熟慮《じゅくりょ》のうえ決めたことで、ほいほい無警戒にどこでも住み込むわけじゃありません」

報酬につられて即決したことは伏せて、なにも考えてない無防備な尻軽みたいな言い方をされたことに異議を申し立てる。

彼は数回瞬《しばた》き、また穏和な微笑を浮かべた。

「僕も中桐さんから君の人となりを聞いて、きっと大丈夫だと思ったからお願いしたんだよ。誰でも彼でも住み込ませたりしないし、一応防犯カメラもつけてるし。だからふたりとも用心が足りないわけじゃなくてお互いを信用して決めたんだから、信用に反することをしなければいいだけだよね」

「……そうですね。いいがかりみたいなこと言って失礼しました」

「いや、こちらこそ」

すぐ和解しつつ、防犯カメラがあるなんて知らなかった、明らかにカメラっぽい形のものはパッと見では見当たらないけど、そんなこと聞いちゃったら迂闊に昼寝とかできないな、と思いながらきょろっと視線を動かしていると、彼が膝枕から身を起こした。

「今日はこのくらいにしようか。お疲れ様。明日は僕は七時半に起きるけど、春真くんは寝ていいよ。今日は初日でいろいろ気疲れしただろうし、ゆっくり休んで。じゃあ、おやすみ」

「あ、はい、おやすみなさい。慧吾さんもお疲れ様でした。あと僕もちゃんと朝起きますよ」

「そう？　でも無理しなくていいからね。じゃあ、また明日」

にこやかに手を振ってリビングの照明を落として自室に戻っていく相手を見送り、春真も宛《あて》がわれた部屋に戻る。

ドアを閉じ、ふと諌山の忠告を思い出し、たぶん必要ないと思うけど、と思いながら一応鍵をかける。

ほぼ一日ただしゃべっていただけなのに、ハードなスパーリングの練習より疲れた気がして、春真はマッサージチェアに倒れ込む。

スイッチを入れ、適当に強さを調整して目を閉じ、ジャキーンガシャーンと人型ロボットに変身して腹部のコクピットに内蔵される妄想を五秒ほどしたが、なにも変化は起きず、目を開けて中桐と絃に簡単な報告メールを送る。

今日、依頼人に会うまでは変な人だったらどうしようと心配だったし、会ってからも若干思ったが、恋人役をするのが耐えがたいほど変な人ではなかったし、きっとなんとかやれる気がする。

せっかくこんな自腹では一生住めないような部屋で暮らせるんだし、この二ヵ月は仕事に真剣に励《はげ》みつつ、なんちゃってセレブ気分もこっそり楽しませてもらおう、と思いながら、春真は絶妙なもみほぐしの心地よさにいつのまにか寝落ちしていた。

＊＊＊＊＊

翌日、なにがどこにあるか確かめながら家事をしていたらあっという間に夜になり、「ただいま」と帰ってきた慧吾《けいご》を「おかえりなさい」と玄関に駆けつけて出迎えると、彼はまた突然片手で目許《めもと》を押さえて俯《うつむ》いた。

「どうしました？　また目にゴミが……？」

睫《まつげ》も長いから逆《さか》さ睫かも、と心配して問うと、相手は「いや、なんでもないよ」とにこやかに微笑み、「これ、おみやげ」と綺麗なペーパーバッグに入ったケーキの箱を手渡してきた。

どれが好きかわからなかったから、と言われてテーブルで開けてみると、見るからに高そうな色とりどりのケーキが八ピースも入っていた。

シールに記載された住所は近所のもので、きっと麻布《あざぶ》価格に違いない、と春真《はるま》は顔を上げて慧吾に言った。

「慧吾さん、おみやげは超嬉しいんですけど、八個は多すぎです。コンビニスイーツだって八個は贅沢《ぜいたく》なのに、これきっと一個千円くらいするでしょう。もったいないから次に買ってきてくれるときは一個で結構です。それをふたりで分け合って食べましょう。食べ物のシェアは本物の恋人っぽいし」

きっぱり言うと、彼は一瞬目を瞠《みは》り、くすっと笑って頷いた。

「わかった。次からはそうするね」

部屋着に着替えた慧吾と夕飯を食べながら、ボーイズトークで親交を深める。

「春真くんはどうして空手とかボクシングとか、見かけによらず武闘派なスポーツをやってたの？」

「えっと、子供の頃、ひとりで留守番することが多かったし、もっと小柄だったので、叔父《おじ》がなにか護身《ごしん》用に武道を習ってたほうがいいって言って、近所の道場に通いました。ボクシング部は、例の夕城《ゆうき》くんに誘われたのと、叔父が『あしたのジョー』のファンだったので、なんとなくやってみようかなって。慧吾さんも筋肉ついてますけど、なにか運動は？」

「子供の頃はスイミングと剣道を習ってて、中学高校はテニス部だった。でもいまはたまにジムに行くだけで、運動らしい運動はしてないな」

「へえ、じゃあ筋肉はその頃の貯金なんですかね。えっと、あとは趣味はなんですか？」

「なんだろう。仕事かな。無趣味かもしれない。春真くんの趣味はなに？」

「身体を動かすことも好きだし、映画を見たり、脳内でいろいろ妄想してひとりで勝手に創作するのも好きです」

「うん、それは昨日よくわかった。じゃあどんな映画が好き？」

「うーん、いっぱいあるけど、『リトルダンサー』とか、じーんとして元気出るから好きです。

あと、叔父が『M：I《ミッションインポッシブル》』とか『S・W《スターウォーズ》』とか『Xメン』のシリーズが好きなので新作は必ず一緒に観《み》に行ってました」

でももうこれからは行けなくなるな、と心の中で淋しく付け足していると、彼が不思議な微笑を浮かべた。

「春真くんは本当に叔父さんが好きなんだね」

「え……」

普通に「はい」となんのてらいもなく答えたほうが不自然じゃなかったのに、一瞬ぎくっとして答えが遅れる。

つい素であれこれ話しちゃったから、別に怪しまれるようなことは言ってないつもりだけど、紘《げん》のことばかり話して変だと思われたのかも、と内心うろたえていると、彼が言葉を継《つ》いだ。

「なにをするのも一緒で、好きなものとか全部影響を受けてるみたいだし、うちはそういう父《おや》子《こ》関係じゃなかったから、父と一緒に映画に行ったことなんかないよ。別にもう今更羨《うらや》ましいわけじゃないんだけど、春真くんと叔父さんのほうが、よっぽど本当の父子らしいなと思って」

「……そう、ですかね……」

相手はただ絆《きずな》が強いと思っただけで、恋慕《れんぼ》と見抜かれたわけではなさそうだった。

ホッと安堵しつつも、本当の親子みたいだと言われると複雑な気分になる。

紘はきっとそのつもりでいると思うが、自分はそうじゃない、と目を伏せたとき、彼が言った。

「そうだ、明日の午後、また半休を取るから写真撮影をしたいんだけど、頑張ってラブラブなフリしてくれる？」

にこやかに言われ、そうだった、僕は今この人の恋人役に集中しなきゃいけないんだから、余計なことを考えてる場合じゃなかった、と言い聞かせ、春真は「はい、善処《ぜんしょ》します」と頷いてみせた。

＊＊

翌日の午後、帰宅した慧吾《けいご》と諫山《いさやま》は大きな箱やペーパーバッグを抱えて戻ってきた。

お披露目《ひろめ》当日に着るスーツだけでなく、まさかの白のタキシードと小道具の名前入りの結婚指輪を見て目が点になる。

キャメロットでは依頼人がキャストに着せたい服を用意すれば着るというルールがあるが、もし服も指輪もオーダーメイドだから買い取れと言われても無理なんだけど、と内心おののく。

諫山に手伝ってもらいながらタキシードに着替え、髪も前髪の分け目を変えて整髪料で大人っぽく仕上げられた。

……こんな本格的な恰好《かっこう》するとは思わなかった……。ただ新婚旅行の態《てい》でハワイっぽい浜辺や夕陽をバックにピースしてイェーイみたいな浮かれた2ショットを撮るのかと思ってたのに……、と動揺しながら諫山とリビングに行くと、すでに正装で白い手袋を片手に慧吾が待っていた。

彼も額《ひたい》を出して撫でつけた特別な日仕様の髪型と装《よそお》いで、普段よりもキラキラ感が増している。

彼はこちらを見て満足そうに微笑み、

「春真くん、王子様みたいですごく素敵だよ。諫山くんはなにをさせても器用だね」

にこやかに誉《ほ》める慧吾に諫山は「恐れ入ります。間藤《まとう》様の素材が良かったもので」と平板《へいばん》に答え、春真は気恥ずかしさにぶんぶん顔を振る。

「いえ、僕なんか全然、慧吾さんのほうがよっぽど本物の王子様みたいで、めちゃくちゃかっこいいです」

隣に並ぶのが嫌なくらいシュッとしてるし、と思いながら誉め返すと、諫山がやや意外そうに春真を見た。

「思いのほかナチュラルにバカップル的な会話ができるようになったんですね。その調子で頑張ってください」

冷静に言われ、いまバカップル的発言だと自覚なく普通にしゃべってしまった、と春真はかぁっと赤面する。

……だって、慧吾さんが臆面《おくめん》もなくいろいろ言ってくれちゃうからだし、慧吾さんの見てくれが素敵なのは事実だし、嘘は言ってないし、と焦《あせ》って弁解したくなる。

でも諫山さんは別に茶化してるわけじゃなく評価してくれただけだし、ちゃんと依頼された仕事を果たしているんだから照れくさがる必要はない、と己《おのれ》に言い聞かせる。

慧吾と諫山は照明やカメラのセッティングをし、スクリーンにチャペル内の映像を映す。

「じゃあ、春真くん、いかにもふたりだけで秘密の結婚式を挙げました的な写真、撮らせてくれる？」

楽しげに掌《てのひら》を上にして差しのべられ、「……はい」ともう俎板《まないた》の上の鯉《こい》状態で慧吾の手に手を載せる。

映像の祭壇の前で向かい合うと、彼は春真の姿を上からサッと眺めて、襟元《えりもと》の白バラの位置を直し、「うん、完璧」と微笑んで頷く。

「じゃあ、諫山くん、適当にいい感じに頼むね」

「了解しました」

それからしばらく、春真は映像に写る外国人の神父のほうを向いて「病《や》めるときも健《すこ》やかなるときも」と諫山が平板に言う誓いの言葉のあとに「はい、誓います」と言わされて写真に撮られたり、慧吾と指輪を嵌《は》めあうところを撮られたり、誓いのキスの真似事《まねごと》もさせられて写真におさめられた。

直接唇が触れ合わないように、頰を挟む両手で口元を隠したキスのフリだったが、相手の美しい貌《かお》に超至近距離まで近づかれ、触れたのとたいして変わらないくらいドキドキしてしまった。

……だって、キスなんかフリでもしたことないし、この人は本当に鑑賞に堪《た》えうる綺麗な顔をしているし、なんとなくだけど、僕とこんなままごとみたいな結婚式のフリをするのを、ちょっと本気で喜んでるみたいな気がするし……。

指輪交換も誓いの言葉のときも、演技にしては真に迫った瞳で僕を見ていた気がする。

自信過剰の勘違いだと思うけど、もしかして、顔が気に入ってレンタルしたら、性格まで気に入ってしまったんだろうか。

……いや、でも初日は怒らせたし、ほぼ素で突っ込んでるし、特に可愛げのある態度はとってないから、考えすぎに決まってる。

ちょっと不思議系の人だから、単に結婚式そのものに憧《あこが》れがあって、真似事でも楽しいのかもしれない、と結論づける。

そのあとまた衣装と背景を変え、青い海の映像をバックに腕を組んで寄り添ったり、笑って見つめ合ったり、姫抱っこされたり、諫山が平板な口調で「春真くん、いいよいいよ～」と変なカメラマン風に煽《あお》るのがおかしくて、つい言われるがまま、いかにもなポーズをしてしまった。

　何パターンも撮り終えて諌山が帰ったあと、春真は速攻で部屋着に着替え、エプロンをして夕飯作りに取りかかる。

　慧吾も着替えて部屋から出てきて、

「春真くん、今日はありがとう。いろいろやらせちゃってごめんね。疲れた？」

と微笑で労《ねぎら》われる。

　春真は首を振り、

「いえ、大丈夫です。ちょっと面白かったし。慧吾さんこそお疲れ様でした。……あ、そうだ、指輪お返ししますね」

とまだ嵌めっぱなしだった指輪を薬指から抜こうとすると、慧吾に止められた。

「それ、一応レンタル期間はずっとしててくれないかな。普段外してて誰か来たときに急いでつけたりすると疑いのタネになるし」

「え……でも高いものだったら、家事するときに傷とかつけたら弁償できないし……」

　相手のことだから偽装の小物でも安物じゃないような気がしてためらうと、

「平気だよ、そんなに高いものじゃないから」

　とにっこり言われ、依頼人がそう言うのにそれ以上抗《あらが》うこともできず、春真は「わかりました」と頷く。

でもやっぱり普段は紐《ひも》で首からかけとこう、と思いながら、じゃがいもとにんじんと玉ねぎを取り出す。

「慧吾さん、さっきの写真って、ご家族に見せるんですか？」

「うん、本人を連れていくだけだと説得力が足りないかなと思って。あともしここに押しかけられたときのために、パネルにして飾っておこうと思ってるんだけど」

「え、パネル……？」

そんな、芸能人でもないのに、こっぱずかしい偽装写真をでかでか飾った部屋で二ヵ月暮らすなんて、どんだけ羞恥《しゅうち》プレイなんだ、と内心悶《もだ》える。

でもこれも仕事のうちだ、と己に言い聞かせてジャガイモの皮を剝《む》く。

「なにを作るの？　僕も手伝うよ」

そばにやってきた相手に、

「じゃあ、玉ねぎの皮を剝いてもらってもいいですか？　今日は肉の代わりにサバ缶を使った肉じゃがと、肉に豆腐と糸こんにゃくを混ぜたヘルシーハンバーグです」

初日に庶民飯《しょみんめし》でいいというお墨付《すみつ》きをもらったので、堂々と節約メニューを告げる。

「それ『肉じゃが』じゃなく『サバじゃが』だよね」

と笑いながら彼が玉ねぎを手に取る。

そのあと一緒に他愛《たわい》ない話をしながら夕飯を作り、一緒に食べた。

別段べたべたはしていないが、なんとなく本物のカップルの日常の雰囲気に近くなってきたように思う。

最初はどうなることかと思ったけど、当日にはもっと本物っぽい雰囲気に近づける気がする。

この人を好きなフリをするのは、思ったより難しいことじゃなかったし……。

激貧《げきひん》生活からはとっくに遠ざかったはずなのに、本当に文句も言わずに庶民飯をにこやかに食べている相手を見ながら春真はひそかに思った。

＊＊＊＊＊

「じゃあ、行ってくるね、春真《はるま》くん」

「行ってらっしゃい、慧吾《けいご》さん」

一週間が過ぎ、だいぶここでの生活に慣れてきた。

朝はトーストなど簡単な朝食を用意して一緒に食べ、玄関まで送りだし、指輪を首にかけてハウスキーパーの仕事に取り掛かる。

平米数《へいべい》が半端《はんぱ》ないので埃《ほこり》を払って掃除機をかけるだけで一仕事だったし、基本的な掃除のほかにもやろうと思えばいくらでもオプションがある。

大きな窓の拭《ふ》き掃除や、玄関脇の天井まである収納に並んだ靴を磨《みが》くことなど、ほかの家事もしながら細々《こまごま》やっているとあっという間に時間が経《た》つ。

夜は会社の仕事を調整していつもより早く帰ってくる慧吾と夕飯を食べ、お互いに子供の頃の話をしたり、アルバムを見せてもらったりして理解を深める作業をし、最後に大きなスクリーンでパジャマで映画を見るのが日課になっている。

そのときに慧吾のおみやげのケーキをふたりで分け合うのも日課だった。

初日にもし「あーん」をやれと言われても困る、と思ったのに、いまは「はい、このメロンのとこ、慧吾さんの分です。均等にわけましたから」などと自分から進んで相手にフォークを向けている。

そうすると相手が「ありがとう、美味《おい》しいね」と嬉しそうににっこりするので、プロのキャストとして顧客満足度の高いパフォーマンスができていると自己満足に浸《ひた》れる。

思い出すと素の自分としてはかなり恥ずかしいが、本物っぽさを求められているキャストとしてはなかなか優秀なのではないか、と自画自賛しながら、掃除機を片付けて相手の部屋へ向かう。

今日はここに来てから一週間目なのでそろそろシーツを交換しようと、

「失礼しまーす」

とどこにあるのかわからない防犯カメラを意識して断りを入れながら中に入る。

必要以上にきょろきょろすると金庫を探す不審な動きに映るといけないので、ベッドに直行し、黒で統一された枕カバーとシーツと掛布団カバーを外す。

ベッドの下の引き出しから替えのリネンを取り出したとき、ふと奥に小さな透明の箱があるのに気づいた。

中に見覚えのあるファンシーなぬいぐるみが見え、

（……え。いまのって……）

と春真は咄嗟《とっさ》に手を伸ばして箱を取り出す。

プラスチックの箱に入った小さな黒い犬のぬいぐるみを見つめ、春真は肩の力を抜く。

「……なんだ、違った、僕のじゃない……」

当たり前か、自分のものはいま部屋の鞄《かばん》の中にあるんだから、と春真は肩で息を吐き、箱のぬいぐるみを眺める。

なんの偶然か、同じものを春真も持っており、まさか自室からいつのまにかここに持ってこられたのかと一瞬動揺してしまった。

ロングセラーの外国の絵本のキャラなので、ぬいぐるみを持っている人も多いと思うが、慧吾も持っているとは意外すぎて、何故自分の大事なぬいぐるみがここに箱詰めになっているのかと焦ってしまった。

よく考えたらそんなことありえないし、同じものでも見た目が全然違うのに、と春真は自分の早とちり具合に苦笑する。

慧吾が夜に自分の部屋に入ってくることはないし、昼間は自分がいるから鞄の中身を検《あらた》めたりできるわけがない。

それにこのぬいぐるみはほぼ新品のように綺麗なまま仕舞ってある。

自分のものは絃《げん》に初めて買ってもらった年季が入った代物《しろもの》で、長い間抱いて寝ていたのでところどころ毛が抜けて色も灰色めいているし、首も腕も何度かもげて絃に縫《ぬ》いつけてもらったフランケン状態のボロさである。

もちろんいまは抱いて寝たりしていないし、常に肌身離さず持っているわけでもないが、捨てられない愛着のあるぬいぐるみで、今回はお守り代わりにこっそり持ってきていた。

だからついちらっと見えた瞬間、自分のかと焦《あせ》って見間違えてしまったが、相手も同じものを持っているなんて、なにかの縁があるのかも、となんとなく嬉しくなる。

この『ウォータールー』シリーズはグッズも膨大《ぼうだい》にあり、ぬいぐるみのサイズも表情も複数あるのに、ピンクの糸で眠っている目を表した手の平サイズのそっくり同じデザインを持っているなんて、ちょっとしたサプライズみたいだと思いながら箱を元の位置に戻す。

その夜、「ただいま」と穏やかに帰ってきた相手を「おかえりなさい」と出迎えてケーキの箱を受け取り、冷蔵庫に仕舞ってから、春真はエプロンのポケットからボロ毛玉のような自分のぬいぐるみを取り出す。

ウォークインクローゼットから部屋着に着替えて廊下に出てきた慧吾に、

「慧吾さん、これ、僕のなんですけど、今日慧吾さんの引き出しにも同じぬいぐるみを見かけて、奇遇だなってびっくりしたんです。慧吾さんも『ウォータールー』好きなんですか？　箱に入ってたけど、誰かからもらったんですか？　僕のは叔父からもらった初めてのプレゼントなんです」

と朝からずっと話したかった勢いでまくしたてると、彼は原型から大きく崩れた春真の黒犬をじっと見つめ、

「……これ、君も持ってるんだ……」

と呟いて口を噤《つぐ》んだ。

……あれ……、もしかしてまたなにか地雷を踏んでしまったんだろうか……と春真は焦る。

てっきり「ほんとに珍しい偶然だね。ぬいぐるみもペアルックっていうのかな」などとにこやかに言ってくれるかと思ったのに、なんだか触れてはいけないことに触れてしまったような気がする……。

春真は狼狽《ろうばい》しながら急いでぬいぐるみをポケットに戻し、

「……あの、すいません、なんかまた気を悪くさせちゃったみたいで……」

と理由はわからないまま詫《わ》びる。

慧吾は伏せていた目を上げて、スッと仮面をつけるように微笑を刷《は》き、

「いや、全然君が謝るようなことじゃないよ。……ご飯、食べてもいいかな」

とやんわり話題を変えた。

表面上、相手は普段と変わらない柔和《にゅうわ》な様子で「今日も美味しいね」と庶民飯《しょみんめし》を食べてくれたが、やっぱりどことなくいつもと違う気がした。

入浴後にパジャマでリビングに行くと、慧吾も部屋から出てきて、

「春真くん、今日はなにを観ようか。なにか血沸き肉躍《おど》るアクション物かSFか、笑えるコメディがいいな」

と微笑してリモコンを手に隣に座った。

なにも考えずに見られるものをセレクトしたのは、きっといまなにか頭から離れないことがあるからで、自分の発言がきっかけらしいと思われて、春真はおずおずソファに正座して神妙に頭を下げた。

「……あの、慧吾さん、蒸し返したらもっと不興《ふきょう》を買ってしまうかもしれないんですけど、僕、なんかしちゃったんですよね……？　すいません、さっきのぬいぐるみのことは、わざわざ家《や》

捜《さが》したわけじゃなくて、たまたまシーツを交換したときに見えちゃって……それで箱に入ってたから大事なものなのかなって思って、僕も大事にしてるから、お揃いだって嬉しくなって、つい……」

なにが地雷なのかわからなかったが、勝手に見たことについてだけでも詫びておきたかった。キャストは依頼人に気分よく過ごしてもらうのが仕事なのに、気が沈むようなことをしたならすこしでも挽回《ばんかい》したくて悪意も他意もなかったと弁解すると、彼はリモコンを操作していた手を止め、春真のほうを向いた。

慧吾はしばらく黙ってこちらを見ていたが、溜息のような長い息を吐いてから言った。

「……あれはね、昔初恋の人からもらった…というか、自分であげて、すぐに持って帰ることになったものだから、捨てられないけど、あんまり嬉しい思い出があるものじゃないんだ」

「……」

しまった、そういえば、中桐《なかぎり》社長から実らない本命への想いをずっと引きずっていると聞いたけど、どうやら振られてしまったみたいだし、突っ返されたプレゼントみたいなのに、お揃いですね、なんてはしゃいで言っちゃったから不興を買ったんだ、と狼狽する。

どうフォローしたらいいのかわからず内心おろおろしていると、慧吾はふぅっともう一度吐息を零《こぼ》し、春真の膝にごろんと背を向けて頭を載せた。

「……この話は君に聞かせる気はなかったんだけど、僕の初恋の相手は、もうこの世にいないんだ。病気でね、十九の頃に……」

「えっ……」

春真は息を飲んで固まる。

またなんと言ったらいいのか言葉が見つからず、おずおず相手の肩に手を載せる。

慧吾が自分の生い立ちを聞きながら頭を撫でてくれたように、言葉の代わりにすこしでも慰《なぐさ》めたい気持ちが伝わればいいと思いながらそっとさする。

彼は向こうを向いたまま、ぽつぽつと語りだした。

「……彼とは大学で出会って、その頃僕は父とうまく行かないこととか性指向のこととか悩んでて一番鬱屈《うっくつ》してた時期だったから、彼と友達になって、すごく救われたんだ。それで友達以上に好きになって、告白したら、相手も好きだったたって言ってくれて、両想いになれたんだけど、一度もデートもしないうちに彼が突然亡くなったんだ。劇症肝炎《げきしょうかんえん》っていう病気で」

「……そんな、どうして……」

想いが通じた途端に亡くなるなんて、どちらも不憫すぎて胸が痛んだ。

ふたりに降りかかった不運に、いま言っても詮無《せんな》いとわかっていても「何故《なぜ》ですか⁉」と天上の決定者を責めたかった。

「……どうしてだろうね。肝炎ウィルスとか原因がわかればまだ納得もいくけど、彼の場合は原因不明だった。それまでほんとに元気だったのに、ちょっとだるくて風邪かもって受診したら即入院で、それから二週間くらいであっという間に……。『おまえが面会から帰ると淋しいから、なにか代わりに持ってきて』って言われて、あのぬいぐるみを渡したんだ。高熱で辛《つら》そうだったから、あの犬みたいな顔で眠れるようにと思って。喜んでくれたけど、すぐ昏睡《こんすい》になって、もう還《かえ》ってこなかった」

「……」

理不尽すぎて、ふたりとも可哀想すぎて視界が滲《にじ》んでくる。

若くして逝《い》かなくてはならなかった人の無念と、遺《のこ》された慧吾の絶望感を思うと涙がぽたりと零れてしまう。

吐息と手の震えに気づいて彼がこちらを振り仰《あお》ぎ、春真の手の上に自分の手を重ねた。

「泣かないで。もう十年も前の話だし、悲しい顔はしないでってお願いしたよね」

優しい声で窘《たしな》められ、

「……だって……いまは笑えません……」

と首を振る。

自分が親を失ったときは四歳で、絶望するほどの悲しみは子供過ぎてわからなかったし、泣けば紘が慰めてくれた。

でも十九歳でそんな悲しみを一人で受け止めなければならなかった慧吾の辛さを想像すると涙が込み上げてくる。

彼はこちらに身体ごと向き直り、片手で涙を拭《ぬぐ》ってくれながら言った。

「……そういう運命だったと思うしかないね。そう思えるまでには時間がかかったけど。彼を失くしてから、運命だとただ甘んじる以外に、もっとなにか手が打てなかったのかなってずっと考えてて、病気になってからじゃなくて、なる前に予見《よけん》できればなにか変わったかもしれないって思って、それでいまの会社を作ることにしたんだ。僕らみたいな思いをする人をすこしでも減らせないかと思って」

「……そうだったんですか……」

大事な人を失くした絶望や虚無《きょむ》から立ち上がって、人の悲しみを減らすための行動に移れた相手の強さに敬意を抱《いだ》く。

きっと初恋の人以外一生本気で好きになれないと思ったから、女性と政略結婚させられたり、自分の目指す仕事じゃなく家業を担《にな》わされるのを厭《いと》ってカミングアウトして家を出たんだろうし、激貧生活を耐えられたのも恋人の死を無駄にしたくないという信念があったから頑張れたのかもしれない。

春真は両手で涙を拭い、慧吾を見おろした。

「……慧吾さん、辛い思い出なのに、聞かせてくれてありがとうございました。明々後日《しあさって》、もしお父様に『息子のどこが好きなんだ』と訊かれたら、『いつも穏やかで優しくて、感謝の言葉を惜しまないところや、滅多《めった》に怒らなくて怒るときでさえ紳士なところと、でも芯が強くて根性もあって、一途《いちず》なところです』って答えますね」

きっと天国の恋人なら同じことを言うだろうと思ったたし、自分も相手のそういうところが素敵だと思うのでそう伝えると、彼は優美な微笑を浮かべた。

「ありがとう。じゃあ君のことは『きっぱりしてて頭の回転が速くて、ちょっとシニカルだけど情に篤《あつ》くて、思いやりもあって、空想癖も楽しくて、節約料理の達人で、中身も外見も可愛いところです』って答えるよ」

「……」

そんなに挙げてくれても、相手の一番好きな人はいまも亡くなった初恋の人なんだと思ったら、どうしてか胸の奥がツキッと痛んだ。

彼が実ることのない相手を想い続けていると前から聞いていたし、自分も片想いの同志だと親近感さえ感じていたはずなのに、なぜいますこし淋しいような気がするんだろう、と春真は戸惑う。

……もしかして、本物の恋人役になりきろうとしているうちに、本当に好きになってしまったんだろうか……。

いや、違う、そんなわけない。自分は絃を想ってきたんだし、一週間やそこらで別の人を好きになったりするわけない。初仕事で気合を入れすぎて、ちょっと感情移入しすぎただけに決まってる。

全力で仕事に取り組み過ぎて、きっと役と素がごっちゃになってるだけだ、と春真はざわめく胸の内を無理矢理そう結論づけた。

＊＊＊＊

お披露目《ひろめ》の当日、慧吾《けいご》の運転で霧生《きりゅう》邸に向かっている最中、

「春真《はるま》くん、実家に着いたら、家族とは僕が話をするから、君はただ隣にいてくれるだけでいいからね。そんなに長居はしないし」

と言われた。

先日誂《あつら》えてもらった高級スーツで武装して、九日かけて練り上げたパートナー役の受け答えを脳内でシミュレーションしていた春真は、

「え、それだけでいいんですか？」

と助手席から慧吾に問う。

「うん、たぶん父とはまともに会話が成立しないし、母は父の言いなりだし。こっちも言う事だけ言ってさっさと帰ろう」

ほんとにそれでいいのかな、でも依頼人がそう言うならそうしなきゃ、と思いながら、

「わかりました。じゃあ僕は隣で本物のパートナー感を醸《かも》しだすことに全力を尽くしますね」

「ありがとう、心強いよ」

くすっと笑う慧吾にファイティングポーズで「頑張りましょうね」と気合を注入し、いよいよラスボスと対決か、と春真は武者震いする。

もし自分が本物のパートナーだったら、どんな怖い家族でもなんとかして気に入ってもらわなきゃいけないけど、偽者だから、慧吾さんににこにこしてればいいのかな、でもなるべく嫌われないようにはしたいけど、と考えているうちに田園調布《でんえんちょうふ》のラスボスの居城に到着する。

監視カメラに向かって運転席の慧吾が会釈《えしゃく》すると、重厚《じゅうこう》な鉄扉《てっぴ》が自動で開く。

車庫に向かう助手席から邸内を目にし、

「……こ、ここが、『実家』……!?」

と春真は目と口を最大限に開ける。

麻布《あざぶ》の億ションに住む人の実家だから、それ相応にすごいのだろうとは思っていたが、『実家』というのはもっと地味な家のことを言うんじゃないのか、とまたも唖然《あぜん》とする。

イギリスのマナーハウスのような豪奢《ごうしゃ》な家屋《かおく》が広大で美麗な庭の奥に建っており、こんなところで生まれ育ったなんて、やっぱり彼は異世界の住人なんだと改めて痛感する。

車を降りて、誕生日の母親にパートナーとして渡してほしいと頼まれた花束を抱えたが、アウェー感に足が竦《すく》んでしまう。

「……あの、慧吾さん、入口まで、腕を組んでもらってもいいですか……？」

小声で頼むと、彼ににこやかに「ありがとう、いちゃいちゃ感を演出してくれて」と礼を言われてしまった。

相手にすがりながら美しい庭園の脇を通り、

「……こんな広い敷地にお城みたいなお屋敷を建てられるなんて、製紙業って儲《もう》かるんですね……」

と思わず下世話なことを言うと、

「んー、昔はね。いまは本が売れないから紙のほうは頭打ちなんだけど、主力のトイレットペーパーとティッシュペーパーで業界シェア一位を保ってるみたいだよ」

とさらりと言われる。

「え……、じゃあ慧吾さんの実家って、クリオネットティッシュと『お尻の気持ちで選んだら』のエリアール作ってる会社なんですか⁉」

「うん、言ってなかったかな。フォグライフホールディングスだよ。まあ、言ってみれば便所紙の会社だね」

「いや、便所紙は大事でしょう。誰でも一生使うものだし、超安定企業じゃないですか」

そんな高級トイレットペーパーとティッシュペーパーは買わないので売上に貢献したことはないが、彼はそんな大企業の御曹司《おんぞうし》だったのか、とまた毛並の違いを思い知る。

玄関まで辿りつくと、針金のような痩軀《そうく》の老執事がおり、

「慧吾様、お久しぶりでございます」

と慧吾にお辞儀《じぎ》してから春真にさりげなく目を向けた。

つまみだされるかも、と内心怯《おび》えていると、慧吾がにこやかに、

「ご無沙汰《ぶさた》してるね。緑川《みどりかわ》さんもお変わりなく元気そうでよかった。父たちはどこかな」

「午餐室《ごさんしつ》にお揃いですが、そちらの御方は」

「僕のパートナーだよ。じゃあ、ちょっと顔を出してくるからね」

と堂々と春真の腕を引いて玄関ホールを進む。

「慧吾様」と背後から焦《あせ》った声で呼ぶ緑川に「すぐに帰るから」と慧吾は振り向かずに片手を振る。

グレーの襟《えり》付きワンピースに白いエプロンの女性や黒の給仕服の男性が出入りしている部屋の扉を開けると、中には霧生家の人々が勢揃いしてテーブルに着いていた。

一斉に視線を浴び、緊張に身を固くしてごくっと唾《つば》を飲み込む。

事前に写真を見せてもらっていたので、彼の父親と母親、兄夫婦、弟夫婦の顔はわかったが、ひとりだけ見知らぬ二十代の若い女性が母親の隣に座っている。

中央に座る修輔《しゅうすけ》は、メディア向け写真の温厚《おんこう》な紳士然とした表情とはまるで違う苦虫《にがむし》を嚙《か》み潰したような渋面《じゅうめん》を浮かべ、口火を切った。

「……やっと帰ってきたかと思えば、そんな小僧を連れて、一体おまえはなにを考えているんだ、慧吾……！」

開口一番の怒号《どごう》に部屋の空気がビリッと張り詰める。

聞きしに勝《まさ》るラスボスぶりにビクッと震えたとき、慧吾に励《はげ》ますように肩をぎゅっと抱かれてホッと一瞬で落ち着く。

彼は怒号にも動じず、

「ご無沙汰《ぶさた》いたしております。お招きいただいたので顔を出しましたが、すぐに失礼します。それから、こちらは僕の大事なパートナーの間藤《まとう》春真くんです。失礼な言い方はしないでいただけますか」

微笑する目の奥に強い光を浮かべて言い切った慧吾に、本当のパートナーとして庇《かば》ってもらっているかのような錯覚を覚える。

修輔は眉間を険《けわ》しく顰《しか》めた。

「……パートナーだと……？　なにをふざけている。そんな子供と……！」

「ふざけてなどいません。たしかに彼は十八歳ですが、本気で愛し合っています。正式な申請《しんせい》などはこれからですが、先日結婚式も挙げましたし、一緒に暮らしています」

慧吾は春真の左手を取って自分の左手と並べて薬指の指輪を見せる。

本気で愛し合っているという台詞《セリフ》にお芝居とわかっていてもドキッと鼓動が跳ねる。

慧吾は「こちらも是非ご覧ください」と小脇に挟んでいた結婚写真の白い薄いアルバムをそばにいた使用人に「これを父に」と渡す。

修輔は受け取らずに、

「……そんなことは認めんぞ……！」

と怒気で声を震わせる。

夫の形相《ぎょうそう》に、彩也子《さやこ》がおろおろと慧吾に首を振る。

「慧吾さん、お父様を怒らせないで。今日はあなたに会わせたい方をお招きすると伝えておいたはずですよ。こちらは小此木《おこのぎ》製薬のご令嬢の愛理沙《ありさ》さん。失礼のないようになさってね」

専属のヘアメイクがいそうな女優のような母親が発した言葉に春真は驚いて目を見開く。

……あの若い女の人、親の決めた婚約者だったのか……。

無自覚にライバルを見る目つきで相手を窺うと、彼女も戸惑った瞳で春真を見返し、おずおず立ち上がる。

「……初めまして、小此木愛理沙です」

大学を出たばかりの箱入りのお嬢様といった風情《ふぜい》の愛理沙を見て、自分とは育ちが全然違う、とうっすら敗北感を覚えて唇を嚙んだとき、

「初めまして、愛理沙さん。そして大変申し訳ありません。両親があなたになんと言ったのかわかりませんが、僕はゲイで、女性とは結婚できませんし、いま申し上げた通り、春真くんという生涯を誓ったパートナーがいるんです。わざわざ御足労《ごそくろう》いただいたのに恐縮なんですが、このお話はなかったことに」

と慧吾がソフトな口調ですぱっと言い切る。

肩を抱く手の強さと言葉にひそかに勝った、と本気で安堵したとき、修輔が顔を赤銅色《しゃくどういろ》に染め、「慧吾!」と一喝《いっかつ》した。

「勝手な真似は許さんぞ! ……そんな小僧、どうせ金目当ての性悪《しょうわる》に決まっているのになにを血迷って……、男が好きだの、お遊びの事業も辞めないだの、どこまで私に楯《たて》ついて放蕩《ほうとう》すれば気が済むんだ……!」

聞き捨てならない暴言に春真は目を剝《む》く。

自分への誹謗《ひぼう》もカチンと来たが、慧吾を罵倒《ばとう》されたことのほうがもっと頭に来た。

大人しく横にいるだけでいいと言われていたことも忘れ、春真は素で叫んだ。

「お父様! 慧吾さんは放蕩なんかしてません! 信念を持って、仕事が趣味って言っちゃうくらい打ち込んでるし、高級トイレットペーパーで業界ナンバーワンもすごいけど、負けない

くらい頑張ってますよ！　なのに認めてくれずに『お遊び』なんてひどいです！　それに僕はお金目当てなんかじゃないし、ちゃんと慧吾さんの中身に惹かれてます。製薬会社のご令嬢より馬の骨だけど性悪じゃないし、絶対僕のほうが慧吾さんを好きだし、僕が本物のパートナーですから！」

勢いで叫んでから、春真はハッと我に返る。

……いま、慧吾さんが好きって、本気で言っちゃった気がする……。

自分の言葉で本心を自覚し、どうしよう、と混乱しながら隣を見上げると、相手に満足と感謝の浮かぶ眼差しで笑みかけられ、役になりきって本物らしく演じただけだと思われたようだった。

慧吾は顔を修輔に戻し、

「お父さん、こういうわけですので、今後一切無駄なお膳《ぜん》立《だ》ては止《や》めていただけますか。相手の女性にもご迷惑ですし、僕には春真くんがいますので。あなたが許そうが許すまいが、僕は彼と生きていきます。誰の許可も求めていませんので、ご理解いただけないなら、もうお会いすることはありません。では、お元気で」

と毅《き》然《ぜん》と言った。

相手の言葉もお芝居じゃなく本当だったらいいのに、とつい思ってしまう。

春真くん、行こう、と肩を抱かれてドアに向かいかけ、春真は腕に抱えていた花束に気づいて足を止める。

「慧吾さん、ちょっと待っててください」

もうこの家にパートナー役として来ることはないだろうから、最後のお節介《せっかい》に春真はタッと駆け出して彩也子の元に行き、花束を差し出す。

「お母様、これは慧吾さんからのお誕生日祝いです。あの、僕には両親がいないので、できれば慧吾さんとご両親にはうまくいってほしいんです。慧吾さんの個性や良さをそのまま受け入れてくだされば、慧吾さんも本心からもう会わないなんて言ったわけじゃないと思うし、いつでも修復可能だと思うので、ご一考を……」

ぺこりと頭を下げ、春真は急いで慧吾の元に駆け戻る。

廊下を並んで歩きだしたとき、「慧吾！」と背後から修輔ではない声で呼ばれて振り向くと、兄の脩吾《しゅうご》が追いかけてきた。

幸せ太り気味の脩吾に会釈して、

「兄さん、ご無沙汰してます。翔吾《しょうご》くんの入園以来ですね」

「ああ、あのときはありがとな」

と円満に会話を交わすふたりの様子を窺い、勘当されてから家族と没交渉《ぼっこうしょう》と聞いてたけど、お兄さんとは会ったりしてたんだ、と春真はひそかにホッとする。

「今日はお騒がせしてすみませんでした。あとのフォローをお願いしてもいいですか？」

「変なことばっかり俺に頼むんだから、おまえは」

福々しい顔で苦笑してから、

「まあ、俺はおまえの味方だけど、ほんとなのか？　その、こちらの方と、結婚したっていうのは……」

チラッと目を向けられ、春真はパートナー役のフリを続けて会釈する。

脩吾は「あれ……」と春真を見おろし、小さく首を傾げた。

「なにか……？」

凝視《ぎょうし》される意味がわからず問うと、「いや、失礼」と脩吾は春真に詫びてから、慧吾に目を戻した。

「……なんとなく、おまえが大学の頃に好きだった子に似てるかなって……、たしか、晃希《こうき》くん、だっけ？」

「……え？」

脩吾の言葉に春真は目を見開く。

名前までは知らなかったが、大学の頃に好きだった人というのは、きっと亡くなった初恋の人のことだ、と春真は気づく。

……そうか、慧吾さんがキャストの画像を見て、わざわざ新米《しんまい》の僕を指名したのは、初恋の晃希さんに似ているからだったんだ……。

僕の顔が好みなのかもしれないなんて、調子に乗ったりして、とんだ間抜けだった。

慧吾さんがずっと優しい目で見てたのは、僕じゃなくて晃希さんの面影《おもかげ》だったんだ、と思ったら、胸が締め付けられて涙が出そうになった。

慧吾は脩吾に微笑を向け、

「……いや、そんな気がするだけじゃないですか。兄さん、そろそろ戻らないと、今度はお父さんが兄さんに当たりはじめますよ。また連絡しますね。いづみさんによろしくお伝えを」

とさりげなくはぐらかして帰室を促《うなが》す。

車に戻って麻布の2LDKに向かいながら、慧吾が優しく労《ねぎら》ってくれた。

「春真くん、今日は本当にありがとう。あんな風に言ってくれて、皆事実だと信じてくれたと思うし、君のおかげで父に言いたいことも言えたから、本当に君に頼んでよかったよ」

「……そうですか、よかったです……」

顧客に言われたら一番達成感の得られる言葉をもらえたのに、春真は沈んだ気持ちから浮上できずに小さな声で答える。

仕事を誉《ほ》められても、ただのレンタルキャストにしか見られていないと実感するだけで、優しくされても、きっと僕じゃなく晃希さんにしてるつもりなんだろう、と胸が痛んだ。

顔が見たいと何度も言ったのは、晃希さんに似ているからで、本物の恋人のように振る舞うように言ったのも、偽装写真用の結婚式で幸せそうに僕を見ていたのも、全部ほんとは晃希さんが生きていたら彼としたかったことを僕で代償していたのかもしれない。

悲しい顔は見たくないと言ったのは、病に苦しむ恋人の最期《さいご》の表情を思い出して辛くなるからかも。

笑っている僕の顔に晃希さんの面影を重ねることで、慧吾さんの心がひととき癒《いや》されたのなら、キャストとして顧客満足度の高いパフォーマンスができたと喜ぶべきなのに、ただやるせなかった。

もしほかの顧客に誰かの代わりにそばにいてほしい、と言われたら、「どうぞ、誰のつもりでもいいですよ」とすんなり言える気がするのに、慧吾さんに言われたら、誰かの代わりじゃ嫌だと言いたくなってしまう。

……でも、そんな気持ちに気づいても、どうにもならないし、失恋しか待っていない。

あと一ヵ月半も契約は残っているのに、どんな気持ちでこのあと過ごせばいいんだろう、と沈鬱《ちんうつ》な溜息を押し殺したとき、キィッとマンションの手前で車が止まった。

駐車場は地下にあり、どうしたのかと隣を窺う。慧吾の視線を追ってフロントガラスに目をやると、マンションの入口に何故か中桐《なかぎり》と絃《げん》がいた。

「え……絃さん……?」

こちらに歩いてくるふたりのただならぬ様子に春真は急いでシートベルトを外し、ドアを開けて外に出る。

「紘さん、どうしてここに……、それに中桐社長も一体……」

紘には社員寮にいるという態《てい》で連絡をしていたが、場所は話していないし、わけがわからなかった。

紘は厳しい表情で春真に詰め寄り、

「春真、おまえどうして俺に嘘なんか吐《つ》いたんだ」

と怒気《どき》のこもった声で詰問《きつもん》される。

「え……」

経緯《けいい》は不明だが、社員寮で研修中という嘘がバレているらしく、まさか中桐社長が話しちゃったのか、と焦って中桐に目で問うと、困り顔で溜息混じりに言われた。

「間藤くん、昨夜私宛の報告メールを間違って叔父さんに送っちゃったでしょう」

「……え⁉」

毎晩ふたりに別の内容の連絡をしていたが、宛先を間違えたなんて凡ミスをした自覚はなく、まさか、と春真は青ざめる。

たしか中桐宛には、明日がお披露目本番で、十一時に霧生邸で慧吾さんの結婚相手役を頑張って務めてきます、という内容を書いた気がする。

出所は自分だった、と引《ひ》き攣《つ》る春真に、紘は見たこともないほど険《けわ》しい顔を向けた。

「おまえずっと電源切ってたから繋がらなくて、しょうがないから中桐さんに問い合わせたんだ。どういうことなんだ、これは。男同士の結婚相手のフリなんて、そんな仕事だなんてひと言も聞いてないし、やましいことがないなら、どうして隠す必要があるんだ」

「……」

いや、だから、そうやって過保護に怒ると思ったから、と正直に言ったら余計火に油を注《そそ》ぎそうで、春真は動揺しながら弁解する。

「……あの、ごめんなさい。絋さんに余計な心配かけたくなくて……でもパートナー役は今日だけで、いつもはただのハウスキーパーしかしてないし、絋さんが心配するようなことはなにもないから」

そう言っても絋は納得してくれず、

「……でも、そちらは、そういう性癖の人なんだろう。俺は偏見はないつもりだけど、おまえが関わるなら話は別だ。おまえがいくら腕力に自信あっても、薬でも盛られたら最後じゃないか。ひとつ屋根の下にふたりきりなんて、心配するなっていうほうが無理だろう！」

と声量を跳ね上げてわめかれる。

「絋さんっ、ボリューム落としてよ。慧吾さんは紳士で変なことなんか絶対しないし、僕の部屋は鍵もかかるし、危ない目に遭《あ》う可能性なんてないよ。……慧吾さんにはちゃんと本命がいるし……」

ぼそりと付けたして、「だからもう帰って」と絋に言おうとしたとき、慧吾が言った。

「間藤絃さん、初めまして。ご挨拶《あいさつ》が遅れましたが、『ジーンネクスト』社長の霧生慧吾と申します。このたびは個人的事情で春真くんに非常識な依頼をして、ご家族の方に嘘を吐《つ》かせて住み込ませたことを、本当に心苦しく思っております。ただ、私はゲイですが、だからといって同性なら誰でも手を出すわけではありませんし、仕事を依頼した春真くんに無理矢理どうこうしようという気はありませんので、そこはご理解いただきたいのですが」

その言葉に、男なら誰でもいいわけじゃなく、晃希さんじゃなきゃダメで、僕のことは顔が似てても全然問題外ってことだよな……、と春真がしょんぼり目を伏せたとき、中桐が取り成すように言った。

「あの、ゲイとかパートナーとかいう話をこれ以上路上でするのもなんですから、場所を変えませんか？　慧吾の家で、間藤くんの職場環境や待遇を見てもらえれば、すこしは安心してもらえると思うんですが」

確かに慧吾の住むマンションの前で男四人で揉《も》めてたら人目を引くし、慧吾のプライバシーに差しさわりもあるし、絃にあのマッサージチェアを体験してもらえば、「おまえ、いいとこで暮らさせてもらってるんだなぁ」と怒りが感心に変わってすこし落ち着いてくれるかもしれない。

絃は中桐と慧吾と春真を順に見て、

「……じゃあ、すこしだけお邪魔させていただいてもいいですか？　まだ中桐さんにも霧生さんにも春真にもいろいろ聞きたいことがありますし」

と仏頂面《ぶっちょうづら》で言った。

外資系企業の駐在員の住人が多く、セレブな外国人が歩いているエントランスホールを四人でエレベーターに向かう。

初日の春真と同じようなあんぐり具合の絃に隠れて慧吾が春真に耳打ちした。

「春真くん、先に叔父さんを自分の部屋に案内してくれる？　その隙にリビングのあれ、片付けるから」

そう言われて、春真はハッと息を飲む。

そういえば、昨日慧吾が仕事帰りに出来上がった偽装結婚写真のパネルを持ち帰り、嬉々《きき》としてリビングに飾っていた。

あんなものを絃に見られたら、ただでさえ怒ってるのに憤死《ふんし》するかも、と春真は青ざめながらこくこく頷く。

慧吾の家に着くと、春真は玄関にみんなの分のスリッパを並べ、

「絃さん、こっち来て。僕の部屋にすっごいマッサージチェアがあるんだよ」

と絃の腕を引いて連れていこうとしたが、絃は「リビングはどこだ。こそこそなにか隠す相談をしてただろ」と睥睨《へいげい》する。

「……っ」

ヤバい、地獄耳すぎる、あれを見られたら紘さんは慧吾さんの首を絞《し》めるかもしれない、と春真は焦り、一か八か、ダッと先に駆けつけて目に触れる前に外そうと廊下をダッシュする。

チャペルをバックに指輪を嵌《は》めあったあと笑顔で見つめ合う大きなパネルを外して裏返したとき、「こら、春真！」と紘が追いつく。

それを見せろと言われても、絶対死守しなければ、と背後に隠して後ろ手でパネルを摑んだとき、紘が顎《あご》が外れそうな顔で別の場所を凝視《ぎょうし》した。

え、と目で追うと、そこには昨日は飾っていなかったはずの誓いのキスに見える寸止め写真のドアップパネルがあり、春真は目を剝《む》く。

なんであれまで飾ってあるんだ、指輪交換の写真よりもっとひどいし、あっちを先に外すべきだったけど、慧吾さんがいつのまにか飾ってたとか知らないし……！　と焦っておろおろしていると、

「……春真、どういうことなのか説明してくれ。これがただのハウスキーパーの仕事なのか？」

と紘が初めて聞くような底冷えのする低音で言った。

「……いや、あの、だからこれは、ただのフリで、ほんとはキスなんかしてないしっ……」

パネルを摑む指先が汗ばむほど動顚《どうてん》しながら弁解すると、慧吾が頭を下げた。

「申し訳ありません。これは僕が頼んだことで、一回偽装のためにそれらしい写真を撮っただけで、あとは普通の同居人のように過ごしてました。本当に家事をよくやってもらえて助かっ

ていましたし、やましいことはなにも……」

春真もがくがく同意したが、紘はぐるりとリビングを一周し、あちこちに置かれたハワイの空をバックに姫抱っこした写真などが入った写真立てに目を止め、眉間の皺《しわ》を深くした。

紘はふぅぅと長い溜息をついたあと、低く言った。

「……帰るぞ、春真」

「え……？」

ぽかんと聞き返した春真を怖い目で見据《みす》え、紘は中桐にその視線を移した。

「中桐さん、今日限りで春真にはキャメロットを辞めさせます。こんな仕事を甥《おい》にさせたくありません。短い間でしたが、お世話になりました」

勝手に断言して中桐に会釈する紘に春真は目を剥く。

「ちょ、紘さんっ！　なに言ってるの、そんなこと勝手に……！」

反論しかけた春真を紘は叱り飛ばす。

「勝手はおまえだろう！　勝手に進学やめて就職なんか決めて……、それもまともな仕事ならまだしも、男とこんなこと……兄さんと義姉《ねえ》さんから預かったおまえにこんな仕事されたら、俺がふたりに顔向けできないだろ！」

「……っ」

一瞬詰まった春真の手首を掴み、紘は有無《うむ》を言わさず玄関へ引っ張っていく。

背後から中桐が「間藤さん、待ってください」と追いかけてくる。

ドアの前で渋々足を止めた絃に追いつき、中桐は言った。

「間藤さん、この仕事を指示した私にも責任はあるのでお詫びいたします。でもキャメロットの仕事はまともじゃないと言われると、異論があります。春真くん本人がもう辞めたいと言うのなら止められませんが、保護者でも本人の意志を無視して決めるのは横暴《おうぼう》なのでは。とりあえず、一週間時間を置きませんか？　今日のところはご自宅に戻って、ふたりでよく話し合ってください。一週間後にもう一度お伺《うかが》いしますので、そのとき春真くんの意志で退社を希望するのなら、受理させてもらいます」

中桐の提案を絃はしばし黙考し、「……わかりました」と受け入れた。

「ほら、行くぞ」とまた引っ張られ、春真は引きずられながら後ろを振り返る。

慧吾と目が合ったが、ここに残ったら晃希さんの身代わりに優しくされて毎日失恋気分を味わうことになると思ったら、絃を振り払って絶対残るとは言い張れなかった。

彼が「春……」と呼びかけた声は絃に連れ出された玄関ドアに隔《へだ》てられて途切れた。

足音荒くエレベーターに向かう絃に引っ張られながら、春真は自分の胸の内を測《はか》りかねて唇を噛む。

……キャメロットを辞めたいとは思ってないけど、このまま慧吾さんとの契約を遂行《すいこう》するのは、ちょっとしんどいかもしれない……。

仕事なんだから契約終了まで続けるのが当然だけど、今日の実家でのお披露目がメインのオファーで、残りの期間はアリバイ工作のためだし、もうお父様にきっぱり意志を伝えていたからアリバイは必要ないかもしれない。

慧吾さんからも引き留められなかったし、保護者がこんなに激怒しているキャストは面倒だからもう契約終了でいいと思ったのかも……。

別に僕なんかいなくても、また家政婦さんを頼んで、食事は元通り外食にすれば、慧吾さんは今まで通り暮らせるんだし……。

エレベーターで下に降りながら、しょんぼり伏せていた目を上げると、鏡に映る自分の服が誂《あつら》えのスーツのままだと気づき、春真はハッとする。

「紘さん、この服返さないと。もらったわけじゃないし、荷物も全部部屋に置きっぱなしだし、指輪もしたままだし」

急いで上階のボタンを押そうとすると、紘に止められた。

「服はクリーニングして送り返せばいいし、荷物はあとで俺が取りに来る。もうおまえはあそこに行くな。どうせ辞めるんだから」

「……」

聞く耳も持たずに断じられ、春真は唇を噛んで視線で異議を訴える。

紘が自分を溺愛《できあい》して、ほかのなにより優先してくれる気持ちはいままではただ嬉しいだけだった。

でも、いまはそうじゃない、と春真は紘を見上げる。

「……紘さん、僕、もう四つの子供じゃないよ」

紘は仏頂面のまま横目で春真を見おろす。

「わかってる、そんなこと」

「わかってないよ！　紘さんの中では僕はいつまでも守ってやらなきゃいけない子供で、僕もずっとそれが心地よかったけど、もう十八だよ。自分のことは自分で決める。……キャメロットは辞めないから。まだ始めたばっかりだし、天国のお父さんたちに恥じなきゃいけないようなことはなにもしてない。紘さんは僕の心配より笙子《しょうこ》さんのことを一番に考えてよ」

いままで同じことを言ったときは虚勢《きょせい》が九割だったが、いまは本心から口にしていた。

紘のことはいまでも大好きだけれど、いままで恋だと思っていた気持ちは、もしかしたら見捨てられたくないという不安や独占欲や執着を恋だと勘違いしていただけなのかもしれない。

紘がなにか言いかけたとき、ポーンと一階に着いた音がしてエレベーターの扉が開いた。

「……とりあえず、帰ってから話そう。あんな写真見たあとで『恥じることはない』なんて言われても、とても納得できないし」

手首を摑んで箱から引きずり出され、薬指から乱暴に指輪をもぎとられる。

その剣幕に、たぶんいまはなにを言っても頭に血が上って聞いてくれないだろうし、あと一週間のうちになんとか説得しなきゃ、と春真は溜息を零《こぼ》しながら麻布十番を後にした。

＊＊＊＊

「春真《はるま》の焼きコロッケ、久しぶりに食うとうまいなぁ」

夕食時、紘《げん》がしみじみ言いながら焼きコロッケを食す。

焼きコロッケは茹《ゆ》でて潰《つぶ》したじゃがいもに炒《いた》めた玉ねぎとツナ缶を混ぜて塩コショウし、揚げずにフライパンで焼いた手抜きコロッケで、紘の好物だった。

ちゃんとパン粉をつけて揚げるつもりだったが、ふとコロッケは慧吾《けいご》の激貧《げきひん》時代の唯一の贅《ぜい》沢《たく》品だった話を思い出し、次々連鎖的に相手のことを思い浮かべて淋しくなってしまい、油で揚げる気力がなくなった。

あれから三日経《た》つのに慧吾からはなんの連絡もない。

荷物は置きっぱなしだが、携帯だけは持っていたし、連絡先も知っているはずなのに戻ってこいと言ってくれないのは、ハウスキーパーとしても必要ないからかも、と悲しくなる。

もしハウスキーパーだけでも続けてほしいと言われたら、恋心を封印して仕事に徹しようと心を決めたのに、この分だと向こうから契約解除を告げられて終わりかもしれない、とこの三日落ち込み続けている。

そのうえ紘はまだ春真の人生設計を自分のビジョンに添わせようとしたまま意見を変えてくれない。

「だからいまから予備校行って、来年受験して大学行って、頼むからまともなところに就職してくれって言ってるだろう」

紘はその一点張りで、

「だから大学行くなら自分で学費貯めて行くから。そのためにもキャメロットの仕事は続けたいって言ってるんだってば」

と春真も言い張っている。

今日も食卓で同じ議論になり、

「……もう笙子《しょうこ》さんにも来てもらって、三人で話しあわない？　絶対紘さんが過保護で強権的《きょうけんてき》で甥《おい》離れできてないって言うよ。紘さんだってパパになる気があるなら早いほうがいいし、僕にしてくれたみたいに今度は自分の子に深い愛情を向けてくれないかな」

春真がそう言ったとき、ピンポーンとインターホンが鳴った。

あれ、噂をすれば笙子さんかな、と思いながら立ち上がってインターホンを覗くと、小さな画面に慧吾が映った。

「……け、……ど……」

慧吾さんが、どうして、と言いたいのに驚いて言葉にならず、目を見開いて固まっていると、画面越しに相手が言った。

「春真くん、こんばんは。夜分申し訳ないんだけど、一週間後まで待てなくて……、君と叔父さんに話があるんだ。お邪魔してもいいかな」

会えない間何度も思い浮かべていた相手の優美な顔と穏やかな声に、ときめかずにはいられなかった。

急いで背後の絃を振り返ると、眉が不機嫌そうに寄ったが、春真は無視して、

「慧吾さん、いま開けますね」

と玄関に駆け出す。

ロックを外してドアを開けると、一瞬眼前が赤一色に染まる。

百本は下らない赤い薔薇《ばら》の花束を抱えた相手の絵面《えづら》は完璧だったが、

「……ど、どうしたんですか？　これ、うちに？　庶民《しょみん》の家の訪問時の手土産なら、五本くらいの花束で充分なのに……」

会えて嬉しいのに、セレブサイズの花束につい庶民根性でダメ出しすると、彼は苦笑した。

「君なら『青年実業家が結婚を前提とした真剣交際を申し込みに行くときのプレゼントなら、百本くらいがリアリティがある』とか言うかなと思ったんだけど」

「……え？」

頭の回転が速いと誉《ほ》められたこともあるのに、いま相手が言った言葉が咄嗟《とっさ》に理解できなかった。

「……えっと、慧吾さんが誰に、結婚を前提に申し込むんですか……？」

もしかして製薬会社の令嬢に申し込みに行く前に僕にアドバイスを求めに来たんだろうか、と瞬時に思ってしまい、ズキッと胸が痛んだ。

眉を曇《くも》らせて答えを待つと、慧吾はすこし困ったように微苦笑してから表情を改めた。

「もちろん君に、だよ。出会って間もないけど、君のことが本気で好きなんだ。偽装じゃなく本物のパートナーになってほしい。もし僕の気持ちを受け入れてもらえるなら、これを受け取ってくれないかな」

「……え？」

神妙《しんみょう》な瞳で花束を差し出され、春真の頭が空白になる。

真顔でなに冗談言ってるんですか、と即座に突っ込むことも、嬉しい喜んで、と素直に真に受けることもできなかった。

だってそんなはずないし、まだ初恋の人を忘れてないはずなのに……、とぐるぐる考えて身

動きできずにいると、

「……ひとんちの玄関でなにやってんだ」

と背後から絋が重低音で言った。

慧吾は居住まいを正し、絋に丁重にお辞儀した。

「間藤《まとう》さん、春真くんに仕事で偽装のパートナー役をさせたことだけでも、間藤さんがお怒りなのは重々承知しています。ですが、この上お怒りを買うことを承知でどうしてもお願いさせていただきたいことがあるんです。春真くんを真剣に愛しく思っています。最初は偽装のつもりでしたが、すぐに本気で恋に落ちました。まだ春真くんから答えはいただいていませんが、もし承知してもらえたら、交際をお許しいただけないでしょうか」

「……」

思わず、『娘さんをください』の構図だ、とまさか自分の身に起こるとは思わなかったシチュエーションに意表を突かれつつも、ひそかにときめいた。

絋にまで言うということは、絶対嘘じゃなく本気だと思えたし、彼がいまは自分を一番に好きになってくれたと言うのなら、それを信じたいと思った。

絋は目を据《す》わらせ、

「……なに寝言言ってんだ。ただの仕事だって許せないのに、真剣交際なんてもっての外《ほか》に決まってんだろ」

と取り付く島もなく言い切る。

慧吾は真摯《しんし》な眼差しで上がり框《かまち》の紘を見上げた。

「間藤さんが春真くんを大事に思うお気持ちはよくわかります。でも負けないくらい僕にとっても春真くんは大切な宝物なんです。一緒に過ごしたのは十日ですが、彼は十年分の孤独を癒《いや》してくれました。絶対に幸せにします。僕には春真くんが必要で、春真くんでなければダメなんです」

「……」

ふたりで捏造《ねつぞう》した馴《な》れ初《そ》め話の決め台詞《ゼリフ》をアレンジされ、春真はきゅんと胸を震わせる。

十日間、ふたりで過ごした時間が相手にとっても特別なもので、これからもずっと一緒にいたいと思ってくれたのなら、始まりがレンタルで、男で年上でセレブで生まれ育ちも雲泥《うんでい》の差の身分違いで、紘に反対されたとしても、自分もずっと一緒にいたいと思った。

紘はギロリと慧吾を睨み、

「生憎《あいにく》だが、あんたがどう思ってようが、うちの春真はそんなこと思ってない。あんたのことはただ仕事で相手させられてただけだ。なぁ、春真？　いくらちょっと社長で、ちょっと麻布《あざぶ》で、ちょっと男前でも、おまえなんか願い下げだってはっきり言ってやれ！」

と強い視線でけしかけるように言う。

「……え」

慧吾からも答えを待つようにじっと視線を向けられ、春真は慧吾と絃を交互に見てから、先に真意を伝えたい相手のほうに顔を向けた。

「……慧吾さん、僕も慧吾さんのことが本気で好きです。今日来てくれて、セレブな小道具つきで告白してくれて、びっくりしたけど、すごく嬉しいです。僕も慧吾さんじゃなきゃ、絶対嫌です」

ふたりだけにわかる決め台詞をアレンジして、薔薇の花束を受け取る。

慧吾は美しい目を軽く瞠《みは》り、ホッと小さく息を吐いてから、ひと際キラキラまばゆい笑顔で喜びを伝えてくれた。

春真は啞然《あぜん》として言葉を失っている絃に向き直り、神妙に頭を下げた。

「絃さん、ごめんなさい。僕も最初は純粋に仕事としてパートナーのフリをしてたんだけど、ほんとに慧吾さんを好きになっちゃったんだ。……だから、慧吾さんのところに行きたい」

絃の結婚生活を見たくないから逃げるのではなく、好きな人の元に行きたいから家を出たいと告げる。

絃は目を見開き、

「……なに言ってんだ。おまえの家はここだろ。おまえは早熟でも実際はウブだから、そいつにたぶらかされてその気にさせられただけだ。俺は絶対認めないからな」

と言下《げんか》に言い切る。

昔から変わらず愛してくれる紘の気持ちは痛いほど伝わるし、嬉しくも思うが、もう同じ量じゃなくてもいいと思いながら、春真は言った。

「紘さんのことは大好きだし、いままで僕の一番だった。でももう、もっと好きな人が出来たんだ。たぶらかされたわけじゃなくて、自分で慧吾さんがいいって、慧吾さんじゃなきゃやだって思ったんだよ。だから、僕のことはもう嫁に行ったと思って諦めてよ」

……嫁だと、と唸《うな》る紘に春真は頷いて、

「言い方は婿《むこ》でもなんでもいいけど、とにかく僕は慧吾さんの本物のパートナーになるから。……それにまだキャメロットの社員だし、慧吾さんとの仕事の契約が残ってるから、あと一ヵ月半はハウスキーパーを続ける義務があるし。三日サボっちゃった分、早く戻って取り返さないと」

と仕事にかこつけて靴を履《は》く。

春真は慧吾の愛情を示すような大きくて重量のある花束に顔を埋《う》めて香りを嗅《か》いでから、振り返って紘に差し出した。

「紘さん、これ受け取って？　横流しだけど、十四年分の感謝の気持ちだから。……いままで、長い間本当にお世話になりました。紘さんに育ててもらえて、本当に幸せでした」

言いながら、胸にこみ上げるものがあり、すこし瞳が潤《うる》んでくる。

紘は仏頂面《ぶっちょうづら》のまま、

「……やめろ、そんな、ほんとに嫁に行くみたいな真似……」

と低く言う語尾がかすかに震えていた気がして、つられてまた泣きそうになったが、春真は笑顔を作って涙を誤魔化《ごまか》す。

「早く受け取って。それで紘さんもこれを横流しして笙子さんにプロポーズしなよ。こんなすごい花束、セレブじゃなきゃ買えないし、きっと喜ぶよ」

無理矢理紘に押しつけてから、

「契約期間が終わったら一旦戻ってきて、もっとちゃんと正座して手をついて挨拶《あいさつ》するから、泣かないように覚悟しといてね。……じゃあ、行ってきます」

慧吾さん、行こ？　と恋人の腕を取り、春真はいままで慈《いつく》しんでくれた紘に深く感謝しつつ、生まれ育った家を後にした。

＊＊＊＊＊

車に乗った途端、急に我に返って照れと動揺と困惑が込み上げて、落ち着かなくなった。

……だって、僕は恋かもって思ってたけど、慧吾《けいご》さんは違うと思ってたし、失恋確実と思ってたのに、急に薔薇《ばら》持って告白しに来てくれて、嬉しくて、勢いで『嫁に行く』と言っちゃったから、嫁なら当然することを、してもいいと言ったも同然と思われたかも……。

……いや、そんな、性的に積極的な意味で言ったわけじゃなく、精神的な意味合いが強いし……、慧吾さんは家に着いた途端に玄関で押し倒したりするような人じゃないし、部屋に鍵かければダンダン叩いてこじ開けたりしないだろうし、ちゃんと話し合えばこっちの心の準備ができるまで待ってくれそうだし、元々紳士だから、最初から二十歳《はたち》の誕生日まで待つとか思ってるかもしれない……。

……でも、そんな先まで待たせなくても別にいいんだけどな、とうっかり積極的なことを考え、春真はハッと赤面する。

……違う違う、初夜の心配なんて早すぎる。いまはまだ気持ちが通じ合ったことに初々《ういうい》しく舞い上がる時期なのに、なんかずっと恋人のフリをしてたから、もう前から恋人だったみたいな既視感があって、ついその先まで先走って考えてしまった、と春真《はるま》は反省する。

赤信号で停まったとき、慧吾がこちらに顔を向け、はにかみ笑顔を浮かべながら言った。

「春真くん、僕の気持ちを受け入れてくれて、本当にありがとう。僕は初対面の日に、君に『不束者《ふつつかもの》ですが』って言われた瞬間、可愛すぎて涙ぐみそうになって、君が妄想話でよく使う

『ズキューン』っていうのを感じたんだけど、君はいつ僕を好きになってくれたのかな」

あのときのあれは急な頭痛じゃなくて、涙ぐんでたのか、と内心驚きながら、春真は「えっと、僕は……」と答えを探す。

いつからだろう、と振り返り、ふたりでボーイズトークをしたとき、『運のいい子』だと初めて言ってくれたときかもしれない、と思い返す。

そして毎日いろいろ話すうちに、すこしずついいなと思うところが増えて、いつのまにかフリじゃなく、本物の恋になっていたような気がする。

でも相手が初対面でズキューンと来たというのは、やっぱり初恋の人に似てるからかも……、と不安が込み上げ、春真は上目で相手を窺いながら言った。

「……慧吾さん、僕、『晃希《こうき》さん』に似てるんですか……？」

だから身代わりに好きになってくれたんですか？　と揺れる瞳で訊ねると、彼は軽く目を瞠《みは》って首を振った。

「中桐さんから最初に画像を見せてもらったときに、すこし似てるって思ったのは事実だけど、実際会ったら、雰囲気が全然違うから、そのあとは比べたりしたことはないよ。晃希はもうちょっとおっとりした感じで、物怖《ものお》じせずびしびし突っ込むタイプじゃなかったし」

「……なんかすいません」

イメージと違ったとダメ出しされた気がして身を縮《ちぢ》めると、彼はくすっと笑った。

「いや、それが楽しいし。ハキハキチャキチャキしてて小気味《こきみ》いい。君がどんなパートナー役を演じればいいかって聞いたときに、『若いのにしっかり者で、尻に敷くタイプ』って挙げてたけど、君といると、しっかり者に尻に敷かれるのはすごく好きかもしれないって何度も思ったよ」

いや、そんなことをした覚えは……、と心の中で弁解していると、青信号で発進しながら彼が続けた。

「依頼したきっかけは確かに晃希に似てるからだけど、君のキャラクターに惹かれたから、恋人のフリをしてもらうのは役得で楽しかった。でも君はストレートだと思ってたし、仕事で引き受けてくれたんだから、バレないように気をつけなきゃって自制してたつもりだけど、あんまりうまく隠せなかった。特に結婚写真の撮影のときは指輪嵌《は》めるのもときめいたし、キスも一センチ手前で止めるのが至難《しなん》の業《わざ》だったよ」

あの日、結婚式の真似事しながらほんとに嬉しそうに見えたのは、昔の恋人じゃなく僕本人としてるつもりで喜んでたんだ……。

そう聞いたら嬉しくて、あのときほんとにキスされてもよかったのに、とつい思ってしまう。

「……あのときの慧吾さん、本気で嬉しそうだなって思ったけど、あのあと晃希さんの話を聞いて、きっとまだ忘れてないから、彼としたかったのかなって、ちょっと悲しかったたし、嫉妬とかしちゃいました……」

正直に言うと、彼は驚いたように目を瞠って首を振った。

「晃希のことはもう思い出だし、ぬいぐるみのことがなければ言う気もなかったよ。……それに僕だって、実は君が『紘《げん》さん』『紘さん』って慕《した》うたびに、父親代わりというより恋してるみたいだなってほんとは妬《や》いてたよ」

「……え」

いや、あれは自分でもそう思い込んでただけで、実は違ったみたいだから、そこには触れずに内緒にしておこう、とひそかに思う。

相手がこれまで伏せていた気持ちを次々打ち明けてくれるので、春真もお返しに相手が喜びそうな事実を公開する。

「……えっと、僕、もしお披露目のときに慧吾さんのどこが好きか訊かれたらこう言うって挙げたこと、全部僕の本心だったし、お父様に切った啖呵《たんか》も、ほんとは自分の本音だったし、慧吾さんがお父様に『僕には春真くんがいます』とか『本気で愛し合ってます』とか『春真くんと生きていきます』って言うたびに、お芝居だって思いつつ、こっそりキュンとして、お芝居じゃなきゃいいのになって思ってました」

照れながら打ち明けると、彼は三拍くらい間を空け、

「……どうしよう、可愛すぎて、このまま連れて帰ると下心が抑《おさ》えきれないから、おうちに送り返したほうがいいかもしれない」

とUターンするために車線変更しようとする。

春真は「えっ！」と慌てて、彼の腕を摑む。

「いいです、そんなことしなくて。……だって、もうすぐ十九になるし、もうじき成人年齢も十八歳に下がるし、……好きな人が自分に下心があるって言うし……、本物のパートナーだし、合意の上だから、強制猥褻《わいせつ》じゃないし……」

だんだん小声になりながら頰を染めて告げると、彼はそれまでの優良ドライバーぶりをかなぐり捨てて、追い越しまくりながら麻布《あざぶ》に向かった。

＊＊

「……紘《げん》さんとは、何歳くらいまで一緒にお風呂に入ってたの？」

「んーと、小学校の三年生くらいまでかな」

「よかった、仲がいいから、つい最近まで一緒に入ってたとか言われたらどうしようかと思ったよ」

チュッとうなじにキスされ、春真《はるま》はお湯の中で体育座りしながらビクンと身を竦《すく》める。

春真の部屋のバスルームで、後ろから抱かれて一緒に浴槽《よくそう》に浸《つ》かり、おしゃべりの合間にあちこち触られたりキスされたりしている。

なぜこんなことになったのかというと、さっき家に帰り着いたとき、事故らなかったのが奇跡のようなスリリングなドライブに盛大《せいだい》に冷や汗をかいてしまい、すぐシャワーを浴びたいと言ったら、

「春真くん、積極的だね。お茶も飲まずに早速《さっそく》シャワーなんて」

と照れた顔をされ、そうじゃないっ、あなたの無謀《むぼう》運転のせいなんですけど！　と突っ込もうとしたら、

「せっかくだから、一緒に入ろうか。春真くんとお湯の中でいちゃいちゃできたらすごく嬉しいし」

と勝手にメインバスルームの給湯ボタンを押そうとするので、つい庶民《しょみん》感覚でメインのバスタブより自分の部屋のバスタブのほうが小さいから、水道代とガス代が節約できるし、早くお湯も溜まるし、と効率で考えて、「待って、僕の部屋のお風呂にしましょう」とうっかり言ってしまった。

すぐハッとして、

「……いや、やっぱり一緒にお風呂はまだ早いから、ひとりでシャワーを……」

と急いで言い直したが受理されなかった。

ただ汗を流したかっただけで、エッチのスタンバイのためじゃなかったのに……、と言いたかったが、ウキウキ手を引いて春真の部屋に連れていかれ、どうせこれから裸のつきあいをするんだから、潔《いさぎよ》くバサッと脱いでガバッと見せればいい、とやけ気味で全裸になった。

こんなときでも優雅に服を脱いでいく相手をチラッと窺うと、美術の教科書に載っていそうな美青年の彫像《ちょうぞう》みたいな均整の取れた裸身が現れ、うっとり見惚《みと》れたくなる一方で、同性として羨《うらや》ましさや悔しさも覚える。

目のやり場に困って俯《うつむ》くと、彼が先に浴室に入り、高い位置に固定されたシャワーのお湯を出して、「おいで」と微笑して手を差し伸べられた。

内心もじもじしながら中に入ると、向かい合ってシャワーの下に立たされる。

ふたりの頭上からお湯が雨のように降り注ぎ、目にお湯が流れてくるので閉じると、合図のように頬を両手で挟まれて上向かされ、唇を塞《ふさ》がれた。

「……んっ……」

初めてのキスは水の味がした。

今回は一センチ手前で止まらずに唇が優しく押し当てられ、何度もチュッチュッと繰り返し啄《ついば》まれる。

「……ンッ、んん……ふ……」

初めてでも、すごく想われていると伝わってくるキスだったから、ドキドキして嬉しくて、目を閉じて相手の唇を味わう。

「……んっ……んぅっ……あ、はぁ」

キスが気持ちよくて立っていられなくなりそうで、春真は両手を相手の首に回してすがりつく。

シャワーで全身濡れながらキスを続け、やっと彼がシャワーを止めて唇が離れたとき、息が上がってへたりこみそうだった。

目を開けると、濡れて張り付く前髪を掻《か》き上げる色っぽい相手の姿にドキドキして、キスで熱を持ってしまった下半身がさらに熱くなる。

キスで勃《た》つなんて変かも、淫乱と思われるかも、と動揺して、そこを隠そうと浅く湯の溜まったバスタブに飛び込む。

「あ、春真くん、身体を洗ってあげようと思ったのに」

と言いながら相手も入ってきて、股間を隠して体育座りする春真の背中から抱くように足の間に挟まれる。

相手の肌が密着して、背中に硬いものが当たる。相手もちゃんと興奮してるとわかってホッとしたが、なんかおっきい、とますます動揺して、春真は上ずった声で言った。

「あ、あの、慧吾さん、んと、そうだ、ボーイズトークしませんか、いま」

「え。いま?」

背後から怪訝《けげん》な声を出され、春真はこくこく頷く。

「えっと、その、ほら、いまふたりとも裸だし、パジャマでおしゃべりしたときより、もっと素を出せるんじゃないかと思って……。まだお互い知らないこともいっぱいあるし……」

すこしでも自分と相手の股間から気を逸《そ》らしたくて提案すると、くすっと笑う気配がした。

「いいよ、じゃあ、僕から質問してもいい？　春真くんは交際経験がないって言ってたけど、キスもいまのが初めて？」

はい、と素直に頷くと、うなじにチュッとご褒美《ほうび》のようなキスをされ、ピクンと肩と湯の中の性器が震える。

「だ、だめですよ、トークじゃないと……」

膝を抱えて咎《とが》めると、

「ごめんね？　嬉しかったから。春真くんのお初は全部僕がもらえるんだと思って」

と耳元で囁かれて、その声に耳を愛撫されたような気分になる。

「……で、でも、僕は全部初めてだけど、慧吾さんはそれなりに遊んでたんでしょう。なんにもなかった晃希さんにもちょっと妬けるから、きっとなんかあった人たちのことを詳しく聞いたら、もっと妬くに決まってるから聞かないけど」

口を尖らせて拗《す》ねると、苦笑する気配がある。

「そんなに多くはないし、三十で未経験のほうがよかったのなら、ごめんね？　でも、これからは春真くんだけだから」

またチュッとうなじに口づけられ、それならまあしょうがないけど、と身を竦めながら思っていると、今度は紘と何歳まで一緒に入浴していたかと聞かれた。

そんなこと知ってどうするんだ、と思いながら答えると、

「じゃあ、三年生まで一緒に入ってたとき、紘さんに身体を洗ってもらってた？」

そのときこんなことされてないよね？　と後ろから回された大きな両手にきゅっと乳首を摘《つ》ままれる。

「アッ……！」

ビクッと震えて、手から逃《のが》れようと身をよじっても、相手は尖りを摘まんだまま放してくれず、クリクリと気持ちよく揉《も》まれてしまう。

「やっ……ちょ、紘さんが、こんなこと、するわけなっ……あっ、慧吾さんっ……！」

「よかった。こんなこと、絶対僕にしかさせちゃダメだよ……？」

左右の乳首を指先で転がされながら、耳たぶを舐《な》めるように囁かれ、こくこく頷く。

「いい子だね」と彼は髪に口づけて、愛おしそうに胸の尖りを可愛がる。

「はっ……んんっ……」

優しい手つきで気持ちよく愛撫され、浅い息で湯気を吸っているうちにとろんと頭が働かなくなってくる。

「ねえ春真くん、背中のホクロ、また見てもいい……？」

なんでいまそんなの見たがるのかな、と思ったが、彼に脇腹を持ち上げられ、湯の中で膝立ちさせられる。

水面から出た腰のあたりに手を這わされ、

「……笑ってる。可愛いね。前に見せてもらったとき、ほんとはすごくこの子にもキスしたかった」

と言いながらチュッとそこに口をつけられた。

「あ……っ」

小さなホクロの顔にキスした相手は、軽いキスから徐々に舌を使ったキスに変えて、そこを舌でつつくように舐め上げる。

「ちょ、やめて、くすぐったいからっ、慧吾さんっ、もうっ、……わっ……！」

前に膝でいざって逃げようとしたら、つるっとつんのめってバシャッと倒れ込んでしまう。

「大丈夫？　春真くん」

バスタブに四つん這いになってしまい、ぷはっとお湯に潜《もぐ》ってしまった顔を上げる。

後ろから抱き起こそうとする相手に、変なとこ舐めるから滑《すべ》っちゃったじゃないですか、と咎めようとしたとき、腰を摑んだまま引き戻され、尻たぶを軽く齧《かじ》られた。

「ちょっ、なにやってっ…、助け起こしてくれるんじゃないんですかっ？」

「ごめん、そうしようと思ったんだけど、お尻が可愛かったから、つい」

ついじゃないだろ、と突っ込みたいのに、お湯の中に這ったまま前を握られ、ゆるゆる動かされたら反撃できなくなってしまう。

「あっ、あっ……んぁっ、ぅうんっ」

ちゃぷちゃぷと水面を揺らしながらの手淫《しゅいん》に変な声が止められなくなる。

お湯の中でくちゅくちゅ性器を捏ね回され、嚢《ふくろ》も一緒に揉みしだかれて、気持ち良くてたまらずに腰が自然に揺れてしまう。

「んっ、んっ、慧吾さっ、すご、きもちぃっ……」

相手の愛撫が上手いせいで、初めてで戸惑う気持ちも照れも羞恥《しゅうち》も影をひそめ、ただ快感を追うことしかできなくなる。

「……春真くん、ちょっといやらしいことしてもいい……?」

「え……」

もう充分いやらしいことしてるのに、と喘《あえ》ぎながら思っていると、水面から浮いた尻の奥まった場所に舌を這わされた。

「え、なに、……やだ、やめて、ひぁあっ……！」

信じられない行為に目を見開き、這って逃げようとしても相手の手で阻《はば》まれ、そこを執拗《しつよう》に舐め上げられる。

「やっ、ダメ、慧吾さっ……！」

そんな場所をれろれろと遠慮なく舐め回され、驚きと羞恥で気絶しそうなのに、性器も同時に擦られたら、徐々に舌の愛撫も悦《よ》くなってきてしまう。

「アッ、んはっ、慧吾さっ、どうしよ、き、きもちぃっ……！」

「……ほんと？　でも、この可愛い孔《あな》は小さすぎるから、ここに挿《い》れてもらうのは、また今度ゆっくり時間かけてからにするね……？」

「え……」

いいの？　と思いつつ、相手にそう言ってもらえたら、内心すこしホッとした。

ちゃんと繋がりたい気持ちはあるが、いまでも過剰にエロいことをされておかしくなりそうだったし、彼の実物を目《ま》の当たりにしたら、ちょっとまだ怖い気がして、ためらいもあった。

「……でも、ちょっとだけ、真似事だけさせてくれる……？」

そう言って彼は春真を抱え起こし、一緒に立ち上がる。

春真にバスタブの縁を摑んで腰を突き出させ、閉じた脚の間にぬるっと大きなものをねじこんでくる。

「んぁあっ……！」

熱くて硬い性器で敏感な場所を行き来され、身体中ビリビリするほど興奮した。

ぐっぐっと大きいものを会陰《えいん》に突き立てるように動かされ、こんなのほんとに中に挿れられたら死んじゃうかもしれない、と思いながら悶《もだ》える。

「あっ、アッ、はぁ、ぁんっ」

後ろから揺らされながら乳首と性器を弄られ、そのまま何度も腰を打ち付けられたら、もう我慢できなかった。

「あ、はぁっ、慧吾さっ、もうイくっ、出ちゃう、んあぁっ……!」

縁を摑む腕を突っ張らせてお湯の中に射精したとき、相手も自分の脚の間で達した。

熱くぬめるものを浴びながら、こんなテクもない子供で、ちゃんと本番もしてないのに感じてくれたんだ、と安堵して振り向くと、優美で満足げな笑顔が近づいてきて唇を塞《ふさ》がれた。

＊＊

「……なんで僕の部屋にパネルがいっぱい飾ってあるんですか……?」

汗と精液で汚れた身体をいちゃいちゃしながら洗い合い、お揃いのパジャマに着替えてベッドに並んで座ると、ふと壁に三日前までリビングにあったパネルが移動しているのに気づく。

彼が「あ」とやや気まずげな顔をして弁解した。

「……実は、春真《はるま》くんがいない間淋しかったから、夜こっちで寝てたんだ。枕とか部屋に残る春真くんの残り香を嗅《か》ぎながら、本人の代わりにパネルを見て我慢しようと思ったんだけど、余計淋しくなっちゃって、三日が限度だった」

「……」

美しい憂《うれ》い顔で残り香とか変態ちっくなこと言うのやめてください、と突っ込みたかったが、僕がいないとそんなに淋しいのか、とついほだされる。

「……僕だって、慧吾《けいご》さんからなにも連絡がないし、行くなとか戻ってこいとか言ってくれなかったから、もう契約終了なのかなって思ってましたよ……？」

そう言うと、彼は眉尻を下げ、

「ごめんね？　行かないでって言いたかったけど、絃《げん》さんがあんなに怒ってたし、君の気持ちも確かめてなかったから、一週間後にちゃんと言おうと思ってたんだよ」

と弁解する。

でも一週間待たずに三日で薔薇《ばら》を持って迎えにきてくれたから、まあいっか、と思いながら指輪交換のときのパネルを眺め、春真は首から紐《ひも》で下げた指輪を取り出す。

紐から外した指輪を掌《てのひら》に載せて慧吾を見上げ、

「ねえ慧吾さん、これ、もう一回嵌めてくれませんか？　こないだはキャストとしてお芝居だと思って嵌めてもらっちゃったから、今度は本気の結婚相手として嵌めてほしいなって思って」

とはにかみながらねだると、彼はまた片手で目頭《めがしら》を押さえてから満面の笑みで頷いた。

そっと左手を返され、薬指にリングをゆっくりと通される。

やっぱり前にしてもらったときとは喜びがまるで違い、こんな小さな行為でも、ちゃんと相手のものになったんだ、と実感できた。

相手の指輪ももう一回嵌めさせてもらおうと思ったとき、慧吾が言った。

「契約期間が切れたら、無期限に延長してほしいんだけど、君はキャメロットの仕事を辞めたくないよね……？」

そう問われ、春真は目を瞬《しばたた》いて黙考《もっこう》する。

セレブの専業主夫も悪くはないが、貧乏性なので働いて給料を得たい気がする。

「そうですね、できれば専業主夫じゃなくて、慧吾さんが会社に行ってる間は僕もキャメロットで働くっていうのが理想かな」

率直《そっちょく》な希望を答えると、彼はやや憂《うれ》わしげに眉を寄せ、

「……じゃあ、同性からのレンタルデートは春真くんにやらせないでって中桐さんに頼んでもいいかな」

と子供みたいな我儘《わがまま》を言う。

春真は苦笑して、

「そんな独占欲丸出しにしなくても大丈夫ですよ。僕は顧客なら誰でも好きになるわけじゃな

いし、……慧吾さんだから好きになったんだし……」

と顔を赤らめて付け足すと、彼は『めろめろ』とタイトルをつけたくなるような表情でキスしてきた。

心ゆくまで甘くて優しいキスを堪能《たんのう》したあと、春真は慧吾を見上げた。

「ねえ慧吾さん、明日、仕事帰りのおみやげ、ケーキじゃなくて揚げたてコロッケにしてくれませんか？　今日、家でコロッケ作ってたんですけど、慧吾さんの昔のソウルフードだったたって思い出して、切なくて焼きコロッケにしちゃったから、ちゃんと揚げたの食べたいなと思って」

夕飯を食べかけのまま来てしまったので、軽く空腹を覚えて色気より食い気なおねだりをすると、彼はにこやかに頷く。

「いいよ、二十個くらい買ってきてあげようね」

「いや、多すぎますから。一個ずつでいいです、もったいないし。愛は嬉しいけど、コロッケまでセレブ買いしてくれなくていいです」

ついびしびし突っ込むと、彼は気を悪くするどころか嬉しくてたまらない表情で笑った。

可愛いが止まりません

……なんだか、枕がいつもと違う気がする……。

目覚める間際のぼんやりしたまどろみの中、春真《はるま》はふと寝心地に違和感を覚える。

うとうとしたまま枕に指を這わせると、枕カバーの肌触りがやけに滑《なめ》らかなシルクタッチだった。うちにこんな高そうなカバーあったっけ、うちはリネン類は基本的にざぶざぶ洗濯できる綿百%しか買わないのに、と不思議に思いつつ、しばしすりすり感触を楽しむ。

……やっぱりカバーの材質だけじゃなくて、枕本体もいつもより幅が狭くて硬めだし、触ったらかすかにぷるぷる震えだしたから、もしかして肩凝《かたこ》りのひどい絃《げん》さんが実演販売の凄《すご》ワザトークに乗せられて買ってきた低周波《ていしゅうは》枕とかなのかも。それに、このほのかな柔軟剤《じゅうなんざい》の香りも、普段近所のドラッグストアでお一人様2点までの特売日に二回並んで底値《そこね》でまとめ買いするいつもの柔軟剤の匂いじゃない。……でも、ごく最近、この香水みたいな上品な香りの柔軟剤を嗅《か》いだ覚えがあるんだけど、どこで嗅いだんだっけ……？

目を瞑《つむ》ったまま、ころんと半回転して枕に顔を埋《うず》め、スンスン小鼻を蠢《うごめ》かせたとき、

「ダメだよ、そんなとこ嗅がないで。くすぐったいから」

と笑いを堪《こら》えているような柔らかな声が聞こえ、春真は（え？）とぽやんと薄目を開ける。

耳孔《じこう》を撫でられるようなベルベットボイスにも聞き覚えがあったが、まだ寝ぼけていたので、（あれ、いま僕の枕がしゃべったのかな。低周波の上におしゃべり機能搭載のハイテク枕なんてすごいけど、枕にしちゃイケボすぎるから、もうちょっと愉快なおじさん風の声のほうが枕

のボイスキャストに合ってると思う）と勝手にキャスティングにダメ出しする。

目をしょぼつかせて再びくっつきそうな瞼《まぶた》を半分上げると、寄り目になりそうなほど近くに錨《いかり》のマークが見えた。……これもどっかで見たことがあるな、と思いながらまばたきし、黒地に白の錨の刺繍《ししゅう》が誰のパジャマのワンポイントか思い出した瞬間、春真はハッとはっきり覚醒してぱちりと目を開けた。

……そうだ、ここはうちじゃなくて慧吾《けいご》さんの家で、昨夜《ゆうべ》絃さんといろいろあって、一緒にこっちに戻ってきたんだった、とやっと正確な現在所在地を把握したとき、

「春真くん、おはよう。ごめんね、まだ寝てたみたいなのに、僕が話しかけたせいで起こしちゃったかな」

と耳元に優しい囁きが降ってきた。

相手はいつも穏やかで柔らかなトーンで話すが、今朝はさらにたっぷりのコンデンスミルクを加えてホイップした生クリームにキャラメルソースとメイプルシュガークランチを山盛りにトッピングしたような激甘な響きがあり、内心（ひぎゃあっ！）と照れ死にしそうになる。

しかも目を開けているのに視界が暗いのは、まだ夜だからではなく相手の黒いパジャマの胸元に抱え込まれているせいらしく、枕の形状や性能を勘違いしたのも、頭の下にあるのが相手の右腕だったからだと気づく。

起き抜けから予想外の密着度に、「腕枕なんてベタすぎです！」と照れ隠しに裏拳《うらけん》を入れた

くなったが、初めてふたりで迎えた朝に色気のないことはすべきじゃない、と必死に自制する。

……それに、昨夜は腕枕どころじゃなく、もっと密着度の高いことをしちゃったし……、と昨夜バスルームでした行為の断片を思い浮かべ、春真はぼわっと沸騰《ふっとう》しそうに顔を赤らめる。

彼とは四日前まで契約上の偽装カップルを演じており、お芝居でのラブラブ同居生活はひととおり経験済みだったが、夜に同じベッドで寝たことはなかったし、もちろん性的な触れ合いも昨夜が初めてだった。

ひと回り年上の恋人はもちろん経験者で、初心者の自分を気遣って最後まで身を繋《つな》げることはしなかったけれど、あそこまででも充分ハイレベルだった……、とうっかり断片だけでなく詳細を反芻《はんすう》してしまいそうになり、春真は慌てて不埒《ふらち》な残像を意識から追い出す。

赤すぎる顔を見られないよう相手の肩口に額をつけて、声をくぐもらせながら春真は言った。

「……え、えっと、おはよう、ございます、慧吾さん……。あの、すこし前からうとうと目が覚めてたので、慧吾さんの声で起こされたわけじゃありませんから、お気遣いなく……」

相手の第一声が「自分のせいで起こしたかも」と詫《わ》びるものだったので、口ごもりながら否定すると、

「そう？　ならよかった。春真くんの寝ぼけ方が面白かったから、頑張ってじっとしてようと思ったんだけど、くすぐったくて我慢できなかった」

と思い出し笑いを含んだウィスパーボイスを耳に注がれ、春真はそわりと身を震わせる。

なんで耳元で聴くとへにゃっと腰がくだけそうになるこの声を、おしゃべり機能つきの枕なんて思っちゃったんだろう、と寝ぼけている最中もたゆまず妄想力を働かせる己に赤面する。

でも、慧吾さんがそんなにくすぐったがるようなことをした覚えは全然ないんだけど、と春真は眉を寄せ、ふとさっき「くすぐったいから嗅がないで」と言われたことを思い出す。

自分では枕カバーの匂いを嗅いだ気だったけど、枕は慧吾さんの腕だったし、もしかして腕枕してくれてた慧吾さんの脇の下に顔を埋めてクンカクンカ嗅いでしまったのかも……！　と春真はぎょっと目を剝《む》き、慌てて顔を仰《あお》のかせる。

「すっ、すみません、慧吾さんっ、僕、ひょっとしてさっき寝ぼけて慧吾さんの脇の下を嗅いじゃったかもしれないいんですけど、わざとじゃないんですっ！　腕枕されたことないから、うっかり自分のいつもの枕が低周波の棍棒《こんぼう》みたいな形に変わったのかと思って……、それでつい触ったり嗅いだりして確かめちゃったんですけど、決して意図的にくすぐろうとしたわけでも、狙って慧吾さんの脇の下の匂いを嗅ごうとしたわけでもないのでっ……！」

焦《あせ》るあまり、初めて恋人と迎えた朝の話題にこれ以上ふさわしくないものはない『脇の下』『低周波』『棍棒』など無粋《ぶすい》な単語を連呼しながら必死に弁解する。

慧吾はおかしそうにくすりと笑い、

「ちゃんとわかってるから、気にしないで。半分寝てたんだし、わざとやったなんて思ってないよ。それに、もし春真くんがほんとに体臭フェチだとしても別に構わないし。……春真くんは寝ぼけてても起きててもほんとに面白くて可愛いね」

と腕枕していないほうの手を春真のうなじに添え、反《そ》らせた首を元の位置に優しく引き戻す。

……別に受け狙いで寝ぼけたわけじゃないし、僕にそんな特殊なフェチはないんですけど、と念を押そうかと思ったが、襟足《えりあし》を梳《す》くように触れる相手の指が心地よくて、春真は口を噤《つぐ》む。

相手が鷹揚《おうよう》なのか、逆にマニアックなのかよくわからないが、春真が台無しにした甘い朝の雰囲気を、彼はなんなく眼差しや言葉や手つきで元通りの糖度に戻してくれる。

昨夜も、初めて全裸になって抱き合ったときに、慣れていないのと恥ずかしいのと緊張とでムードぶち壊しの子供っぽい言動をしまくったと思うのに、彼はまったく気を損《そこ》ねたり萎《な》えたりせず、ずっと優しかった。

……優しかったけど、結構遠慮なくあんなところを舐《な》めたり齧《かじ》ったりされたし、普段穏やかで紳士な慧吾さんでもそういうときは潔《いさぎよ》くエロくなるみたいだから、また今晩もああいうことをする気かも……。「今度時間をかけてゆっくり慣らしてから挿《い》れさせて」と言ってたし、次は後ろをもっと念入りに開発されるに違いない、と想像してドギマギする。

ふいに、昨夜相手の舌でそこを濡らされたときの感触や、尻たぶで挟むように何度も硬いものを擦《こす》りつけられた感触がリアルに蘇《よみがえ》り、春真はごくっと唾《つば》を飲み込む。

……いや、これはただ、ほんとにあんなに大きいのが挿《はい》るのかな、とおののいているだけで、別にあのサイズに興奮して唾が湧いたとか、早く受け入れたくてうずうずして期待に喉《のど》が鳴ったとかじゃないから、と誰に聞かれているわけでもないのにひとりで焦って言い訳していると、慧吾が春真の襟足に触れていた手を止めた。

目を上げると、笑みを消した真面目な表情でじっと見つめられる。

……急に改まった顔になったけど、どうしたのかな……。まさか、そんなはずはないと思うけど、もしかして僕の発する気配から、初心者のくせに次のエッチの心積もりをしすぎなのがバレて引かれてたりして……、と内心あわあわしていると、しばらく躊躇《ためら》うような間をあけてから慧吾が切り出した。

「春真くん、やっぱり昨夜君をここに連れてきたのは間違いだったと思う」

「……え?」

直前に考えていたことと著《いちじる》しく温度差がある言葉に驚いて、春真は目をぱちくりさせる。

……連れてきたのが間違いって、どういう意味……? 慧吾さんは僕を連れてこなければよかったと思ってるってこと……?

……嘘、どうして……、だって、目が覚めたら腕枕で抱きしめてくれてたし、眼差しにも愛情や慈《いつく》しみを感じるのに、なんで後悔しているみたいなことを言うんだろう、と春真は戸惑う。

……もしかして、昨日途中までしたときに、僕の身体じゃ未開発すぎて過去の相手と比べて充《み》たされなかったから、パートナーに選んだのは早まったと悔やんでるのかも……、と咄嗟《とっさ》に思い浮かんだ理由に内心青ざめて固まっていると、相手は深い悔恨を帯《お》びた表情で続けた。

「昨夜の僕はどうかしていた。君に交際を申し込んで、いい返事をもらえただけで昨夜は満足して辞去すべきだったのに、紘さんの了解も得ずに連れてきてしまうなんて、早計《そうけい》だった。本来なら、もっと時間をかけて紘さんを説得して、ちゃんと承諾を得てから交際や同居に至るのが筋なのに、僕は突然押しかけて一方的に自分の想いや願いを伝えただけで、紘さんから『許す』とか『認める』という言葉をひと言ももらっていない。今頃紘さんは僕のことを、大事な甥《おい》っ子を無許可で強奪《ごうだつ》して、古い言葉で言えば傷物にした悪党だと憎んでいるはずだ」

「……傷物って……」

また意表をつく語彙《ごい》に内心ぽかんとしつつ、相手が真剣に思いつめている様子なので、

「……えっと、別に憎んではいないと思いますよ、超激怒はしてると思うけど……」

とフォローにならないフォローをする。

相手がやたら深刻な顔で悩んでいるのは紘の許可を得ていないという点で、自分に対して不満を抱いているわけではないようなので、そこはひとまずホッとする。

春真は妄想による不安で一瞬のうちに強張《こわば》ってしまった身体から力を抜いて、

「たしかにいい返事はもらってないけど、まだレンタルの契約期間中だから、堂々とこっちに戻ってくる大義名分があるし、またあとで挨拶《あいさつ》に行くって言ってきたから、そんなに悩まなくていいと思いますけど」

とさっきよりはフォローらしいフォローをすると、慧吾は美しい瞳に憂色《ゆうしょく》を浮かべて首を

振った。

「いや、正式なパートナーとして認めてほしいなら、保護者の方に礼を失《しっ》するようなことは絶対に避けるべきだった。……いま、君が起きるまでずっと寝顔を見ていたら、すごくあどけなくて、起きて話をしているときはそんなに年齢のことは気にならないんだけど、寝顔はやっぱり未成年なんだなって思い知らされた。たぶん紘さんも、君をまだ自分の保護下に置くべき存在だと思っていて、君が悪い相手に引っかからないように厳しい目で判定してやらなくてはと思っているんだと思う。ただでさえ僕は同性だし、出会いからして胡散臭《うさんくさ》いと思われているのに、昨夜はさらに心証を悪くしたはずだ。……でも、昨日の今日だから、まだなんとか挽回《ばんかい》できると信じて、もう一度やり直したいんだ」

「……やり直すって、どうやって……?」と春真は首を傾《かし》げて相手に問う。

すでにしてしまったことを今更なかったことにはできないし、自分としてはそこまで間違ったことをしたとも思っていない。

紘が自分を一人前と思っていなくても、一応社会人として独り立ちしはじめたところだし、自分が本気で好きになった恋人を紘に判定してもらわなくても、正しい相手を見つけたという自信もある。

それに紘の口から「許す」という言葉が出てくるのをまともに待っていたら、いつのことになるかわからないし、昨夜はふたりの決意をちゃんと伝えてきたから、一応筋を通したことになるのでは、と思っていると、慧吾が真剣な面持《おもも》ちで言った。

「紘さんの怒りを鎮《しず》めるには、すぐにお詫びをして、改めて正当なやり方でお願いするに限ると思うんだ。君にはいますぐ家に戻ってもらって、もう一度僕が間藤《まとう》家に伺って、紘さんに君への真剣な気持ちをわかってもらえるまで足繁く通うつもりだ。ちゃんと段階を踏んで誠意を見せれば、紘さんもいまより態度を軟化させてくれるかもしれない。幸いといってはなんだけど、昨夜僕たちはまだ最後の一線を越えていないから、一応君の貞操は守られたまま、清い身体でお返しできるし」

「……え」

一線は越えてないけど、純潔《じゅんけつ》・非純潔のラインは越えた気がするし、まだ清らかだって言っていいのかな、と疑問を感じる。が、それよりも、また改めて一から手順を踏み直すという意味不明の提案に、春真は激しく首を振って反対する。

「いや、それは危険すぎます。昨日の今日だから、紘さんの怒りはまだ新鮮にＭＡＸだろうし、もしいま迂闊《うかつ》に家に戻ったら、僕は監禁されてエンドレスでお説教、慧吾さんは良くて門前払い、悪くて問答無用の右ストレートが待ってると思います」

「え。監禁に右ストレート?」

驚いて絶句する慧吾に春真はこくりと頷く。

ほかのことには公平で寛大な考え方をする紘が、こと自分に関してだけは恐ろしく過保護で近視眼的になるのを身をもって経験しているので、それくらいやりかねないという気がする。

「僕も紘さんには認めてほしいけど、説得には効果的な時機を選ばないと。いますぐじゃなくて、紘さんの頭がもうすこし冷えて、落ち着いて話し合いができるようになるまで待つほうがいいと思います。それに紘さんには地道な説得より、家を飛び出すほど本気なんだって実力行使で示すほうが伝わると思うんです。紘さんにはしばらくひとりでじっくり考える時間をあげて、それからまたふたりでトライしませんか？　きっとそのほうが成功率が上がると思います」

……そうだろうか、謝罪と御礼は早いに越したことはないというのが僕のビジネスルールなんだけれど、と迷うように呟く慧吾に春真は畳《たた》みかける。

「もちろんビジネスにはそれがベストだろうけど、紘さんに関しては、長年一緒に暮らした僕のアドバイスを信じてください。慧吾さんが『春真くんを僕にください』をもう一回やり直してくれる気があるなら、契約期間が終了してからお願いします。あとひと月半あるから、その頃には紘さんもいまより受け入れ態勢ができてるかもしれないし」

あくまでも希望的観測だが、そうなっていることを強く願いたい。

それに……、と春真は言葉を切り、慧吾の瞳から胸ポケットのワンポイントに視線を落とし、小さな声で付け足す。

「……昨日戻ってきたばっかりなのに、一晩で慧吾さんと離れるなんて、僕は嫌だし……」

三日離れているだけで会いたくてたまらなかったのに、せっかく演技じゃなく本物の恋人になれた翌日に家に帰れなんてつれないことを言わないでほしかった、と正直に胸の内を伝える。

ついでにさっき「昨夜連れてきたのは間違いだった」と言われたときも、誤解だったけどすごくショックだったたし、と唇を尖《とが》らせ、

「……慧吾さんだって、ほんとに僕を帰しちゃってもいいんですか……? 僕と離れてる間、淋しくてこの部屋にパネルをたくさん持ち込んで、残り香《が》を嗅いで堪《た》えてたって言ってたのに……。いま僕を帰したら、怒り狂った紘さんに交際を全力で妨害《ぼうがい》されて、当分会わせてもらえなくなるかもしれないのに、慧吾さんは平気なんですか……?」

ちょっとオーバーにロミジュリ感を盛りつつ上目遣いで訴えると、慧吾は「う」と小さく呻《うめ》いて、がばっと春真を胸に掻《か》き抱《いだ》いた。

「平気なわけないじゃないか。僕だって、本当はすこしの間でも君と離れたくなんかないよ。でも、あの紘さんに認めてもらうためには一旦離れることも必要だと思ったから、身を切られるような思いで提案してるんだよ」

だったら、と言いかけると、慧吾が小さく続けた。

「……でも、昨日までたった三日でも君がいないことが辛すぎて、仕事に支障を来《きた》すほどダメージを受けたから、もし紘さんとの交渉が難航して君と会えない日が続いたら、また諫山《いさやま》くんに鬱陶《うっとう》しいから早く迎えに行けと言われてしまうかもしれない……」

「え……」

そんな経緯《けいい》があって昨夜迎えに来てくれたのか、と春真は目を瞬《しばたた》く。うちに薔薇《ばら》の花束を持って現れた王子様然とした姿にそんなダメージの気配は窺えなかったけど、やっぱり僕がいないと諌山さんにウザがられるほどダメダメになるなら、やせ我慢することないのに、と春真は苦笑する。

春真は抱かれた腕の中から片腕を抜いて慧吾の首に回し、さっき相手がしてくれたように優しく襟足を梳きながら言った。

「ねえ慧吾さん、この際大人な建前は脇に置いて、我《が》を通しちゃいましょうよ。本気で恋に落ちたら大人も子供もないし、正しい手順なんか守ってる場合じゃないと思います。それに、もしふたりがかりで紘さんを説得してもずっと平行線で、全然折れてくれないようなら、もうそのときは紘さんの攻略は諦めて、ふたりで幸せに暮らしませんか？　僕たちが実際に幸せなら、紘さんもいくら反対し続けても意味がないって悟《さと》るだろうし。いずれ時が解決してくれるのを待つのもひとつの方法だと思うので」

紘の強硬な態度が続けば、自分だけでなく慧吾も傷つくだろうから、それくらいなら不毛な争いは避けて、距離を取ることも致し方ないと思いながら提案すると、慧吾が瞳を曇《くも》らせた。

「それには賛成できないよ。僕のせいで、君と紘さんが長い間疎遠《そえん》になったりしてほしくない。そうならないように努力させてほしいし、僕も君の親代わりの紘さんとは良好な関係を築きたい。僕は君と末永く一緒に生きていきたいから、君のご家族とも円満な関係になりたいんだ」

「……慧吾さん……」

相手の真摯《しんし》な言葉に春真は胸を震わせる。

紘の非好意的な態度にもめげずに果敢に歩み寄ろうとしてくれるのは、自分との関係を先々まで続くものにするためで、紘のことも蔑《ないがし》ろにしたくないと思ってくれることが嬉しかった。

春真も紘とこのさき何十年も音信不通になるのは本意ではなく、どこかで折り合いをつけたかったし、今後笙子《しょうこ》さんとの結婚式に出席したり、会おうと思えばいつでも会える関係でいたいのが本音だった。

慧吾がこれまであまり家族運に恵まれず、勘当《かんどう》されて否定されてきたのを知っているので、せめて自分が本物以上の家族になってあげたかったし、できれば紘もその仲間になってくれたらこんなに心強いことはないのに、と思いながら、春真は慧吾を見上げる。

「慧吾さん、ありがとうございます、僕とだけじゃなくて、紘さんとも家族になろうとしてくれて。僕もほんとは紘さんとこじれたままじゃ嫌だし、紘さんと慧吾さんが腹を割って話せる間柄になってくれたらすごく嬉しいです。昨日まで頑《かたく》なな紘さんと顔つきあわせてたから、つい弱気になっちゃったんですけど、慧吾さんが前向きな気持ちでいてくれるってわかったから、僕も時間がかかっても諦めないことにしますね」

紘とは派手に対立することがあっても、たぶん決定的に決裂することはないという楽観がどこかにあり、いつかはわかりあえると心の底では信じている。

慧吾が自分のために紘との関係をよくしようとしてくれるように、自分ももしその機会があるなら霧生《きりゅう》家の人々と円満になりたいが、たぶん向こうにそんな気ないだろうな、と思いつつ、

「慧吾さん、もしいつかお父様たちとまた交流を持とうという気になったときは、僕も一緒に頑張りますからね。今度こそレンタルじゃなく本物のパートナーとして、もう啖呵《たんか》切ったりしないで、男だけどいいパートナーだと思われるように全力を尽くしますから」

どんなときでも自分は一番の味方としてそばにいるから、という気持ちを込めて告げると、慧吾はやや目を瞠《みは》り、ふわりと嬉しそうに微笑んだ。

「ありがとう。そんな風に言ってくれるだけで心強いよ。……じゃあいつか、君に失礼なことを言った父は論外だけど、折を見て、兄と弟には改めて君を紹介させてもらおうかな」

慧吾の兄とは四日前の霧生邸訪問時にすこし話をして、慧吾の理解者だとわかったし、弟のこともすんなり紹介すると言われるからには兄弟仲はいいのかもしれない。

相手が兄弟運には恵まれていたみたいでよかった、と思いながら、春真はワクワクとドキドキの入り混じった瞳を向ける。

「お兄様たちならお父様と会うより全然怖くないし、楽しみのほうが大きいですけど、でもふたりともあの大豪邸で育ったセレブで、若くてもフォグライフホールディングスの重役さんたちだと思うと、なにを話したらいいのかなって、ちょっと緊張しちゃいます」

同じ環境で育った割に慧吾は気さくなのでなんでも話せるが、あのふたりに特売の他国産の

鰻《うなぎ》の蒲焼《かばやき》を国産鰻のようにふっくら柔らかく美味《おい》しくする裏ワザなどの庶民《しょみん》ネタを話しても、慧吾のように目を輝かせて興味深く聞いてくれるとも思えないし、なんとかセレブにふさわしい話題を仕込んでおかなくては、と思案していると、慧吾がくすりと笑って首を振った。

「大丈夫だよ、いつもどおりの君で。兄たちは父と違って礼儀を知っているから、緊張する必要なんてまったくないし、君の妄想力全開の創作ストーリーを披露《ひろう》したら、きっと楽しんでくれるよ。……緊張するって言えば、次に紘さんにお会いするときの僕のほうがよっぽど緊張するよ。昨夜も内心ものすごく緊張したし」

後半は神妙な顔で言った慧吾に春真は目を瞠る。

「……ほんとですか？　そんな風には全然見えませんでしたけど。紘さんの鬼の形相《ぎょうそう》にも怯《ひる》まずにいつもどおり穏やかで丁寧で、でも堂々としてて、すごくかっこよかったですよ」

また脳裏《のうり》に薔薇を持って「春真くんは僕の大切な宝物です。絶対に幸せにします」と言ってくれた姿を思い浮かべてキュンとしていると、慧吾が意を決したように言った。

「春真くん、やっぱり君と一日でも離れるのは無理だから、紘さんの攻略は作戦を変えることにするよ。君のアドバイスを汲《く》んで、日を改めて説得してみようと思う。ただ、それまで紘さんに申し開きが立つように、君には仕事としてここにいてもらうだけで、ただの雇用主とハウスキーパーという一線を厳守しようと思う」

「え？」

だってもう恋人になったのに？　きょとんとする春真に、慧吾が真顔で言葉を継いだ。

「昨日は理性が麻痺《まひ》して誘惑に負けてしまったけれど、保護者の方から交際の許可をもらう前に未成年に手出しをするなんて言語道断で、重大なルール違反だった。君よりひと回りも年長なのに、君の可愛さに目が眩《くら》んで自制できなかった昨夜の僕を許してほしい」

許すもなにも昨夜は合意だし、と言いかけると、相手は瞳に含羞《がんしゅう》を浮かべて律儀に付け足した。

「……でも、晴れて紘さんに認めてもらえた暁《あかつき》には、二十歳を待たずに続きをさせてもらえないだろうか」

「……あ、はい……わかりました……」

内心では、もう昨夜フライングでちょっとやっちゃったんだし、僕は少しずつ進めてもらう分には今晩からでも全然構わないんだけど、と思ったが、相手は筋を通すことにこだわっているようだったので、それ以上食い下がるのもはしたない気がして春真は口を噤む。

未成年ではあるけれど、相手のことが本気で好きだから、言葉だけじゃなく身体で気持ちを伝えあうことに抵抗はないし、昨夜も『手を出された』とか『傷物にされた』などとはまったく思っていない。

でも昨夜は突然想いが通じて、心も身体も行為に対する準備がなにもできていなかったから、次の機会までしばし猶予《ゆうよ》ができるなら、今度は落ち着いて事に臨《のぞ》めるように自己学習を進めておこう、と春真はひそかに決意する。

未経験でも一応人並みの知識はあるつもりでいたが、実際にやってみて、あんなところを舐めたりするのも男同士ではナチュラルにするらしい、と初めて知ったことも多かった。

たぶん慧吾さんの過去の相手は初心者じゃなかっただろうし、いろんな愛撫にいちいち驚いていたらきっと興醒《きょうざ》めだから、来《きた》る日に備えてこっそり動画とかを見て知識と度胸を養わなくては。

それに後ろの開発を相手任せにしたら、照れと動揺でうっかり「ひぎゃあ!」と色気皆無《かいむ》の反応をしてしまいそうだし、いくら鷹揚でマニアックな慧吾さんでも引くかもしれない。

あのサイズが挿るようになるには相当慣らさないといけないし、いまからちょっとずつ自分で準備をしておけば、本番時にスムーズに受け入れられるに違いない。

慧吾に「そろそろ起きようか」と優しく言われるまで、春真は頭の中を透視されたら困るような具体的な自己開発計画をひそかに練っていたのだった。

＊＊＊＊＊

「ほう、手作りの杏仁豆腐《あんにんどうふ》ですか」

午後に組まれていた各部署の社員との1 on 1ミーティングを四人続けてこなしたあと、社長室に戻って小型冷蔵庫からいそいそと小さなタッパーを取り出して蓋《ふた》を開けたとき、背後から平板《へいばん》な声がした。

にんまり緩《ゆる》んでいた目許口許を慌てて引き締め、慧吾は後ろを振り返る。

「諌山《いさやま》くん、僕は実のあるミーティングを終えて、やっとひと息ついたところなんだよ。それなのにたった五分のブレイクタイムも許してくれない気なのかな？」

スプーンを武器のように握りしめながらフェイクスマイルで威嚇《いかく》すると、

「いえ、五分ならなんの問題もありませんが、食べるのは一分以内でも、そのあとにどれだけ美味《おい》しいかや、いかに春真《はるま》様が可愛いかを延々しゃべり続けるので、ほどほどで切り上げていただけるようあらかじめ釘《くぎ》を刺させていただきます。五時にはザザ・コミュニケーションズの箭内《やない》代表とのアポもありますし、ノロケをのんびり拝聴《はいちょう》している時間的余裕がありませんので」

と冷静に告げられる。

慧吾は張り付けたフェイクスマイルを消し、真顔で秘書の目を見ながら首を振る。

「ほどほどにしようにも無理なんだ。だって春真くんがありえないほど可愛いからしゃべらずにはいられないんだよ、諌山くん！　簡潔にまとめるから聞いてくれ。今朝、今日はビジネスランチだからお弁当はいらないと泣く泣く言ったら、『じゃあデザートだけでも』ってこれを持たせてくれたんだ。春真くんは昔から買うより作るほうが安いし、好きなサイズにできるからってよくデザートを自分で作ってたそうなんだ。偉いよね。杏仁豆腐って杏仁霜《そう》という粉で作るって君は知ってたかい？　簡単なものだと牛乳にアーモンドエッセンスを入れて作る方法もあるって教えてくれたけど、春真くんはプリンもゼリーもアイスも杏仁豆腐も、『プリンの素《もと》』みたいのは使わずに、冷蔵庫のものでてきぱき作っちゃうんだ。こないだは土鍋で巨大プリンを作ってくれて、出来立てを直接掬《すく》って二人で食べたんだ。味も素朴ですごく美味しかったけど、はふはふ熱がりながら頬張る春真くんの幸せそうな顔ったら……！　僕は可愛すぎて号泣《ごうきゅう》したくなる気持ちを春真くんから教わった。あと春真くんはお菓子を作ったあとにボウルやホイッパーについた生地をこっそり舐《な》めるのも好きみたいなんだ。でも僕がそばで見てると遠慮してやらないから、キッチンから遠ざかるフリをして頃合いを見て素早く振り返ると、案《あん》の定《じょう》ペロッと舐めてて、その姿も犯罪級の可愛さなんだけど、僕の視線に気づいて『ハッ！』って真っ赤になったりすると、もう僕は生地より君を舐めたいよ、と……！」

「はい、四分経過しました。まったく簡潔ではなかったですし、アポまでに杏仁豆腐を召しあがりたいならお話はそこまでに」

楽しくまくしたてていた話の腰をブチッと容赦《ようしゃ》なく折られ、慧吾は目を眇《すが》める。

まだしゃべりたいことが山ほどあるのに、と不消化感でいっぱいだったが、次の予定もあるので黙って杏仁豆腐を口に運ぶ。

可愛い恋人のお手製だと思うと、たとえ若干《じゃっかん》ダマがあったりしても、両手を頬に当てて幼児さながら「んまーい！」と言いたいくらい美味しく感じるが、本当に秘書の前でそれをやったら冷ややかに「バカなんですか？」と言われかねないので心の中だけに留める。

口中で噛みしめるように味わっていると、

「そういえば、また配送会社のほうから、今回も間藤《まとう》紘《げん》氏は受け取りを拒否されたとのことです。理由も同じく、あなたから物をもらう謂《いわ》れはないと」

と事務的に報告され、慧吾はこくんと飲み込んでから「……そうか」と呟く。

はるか彼方《かなた》の堅牢《けんろう》な城を目指しながら、城を囲む分厚《ぶあつ》い城塞《じょうさい》の外に果てしなく広がる樹海の入口から一歩も先に進めないような気分で、慧吾は小さく肩を落とす。

春真と相談して、もう一度ふたりで交際のお願いにあがるのはもうすこし後にすることにしたが、それまでなんのコンタクトも取らないのも不義理を重ねるように思えたので、まず紘に宛《あ》てて詫《わ》び状を書いた。

今回の件のお詫びと、出会いはレンタルでも春真への気持ちは本物で、もう一度ご挨拶《あいさつ》に伺ってお許しを得るまでは、未成年の春真に指一本触れずに清い関係を守るので、どうか真剣な交際を認めていただけないか、という内容を綴《つづ》り、一緒に学歴・所有資格・個人資産などの身上書《しんじょうしょ》と、自社の経営状況や実績、経営理念などをまとめた書類を添え、公私ともに優良物件であることをアピールしてみた。

数日後、電話での挨拶を試《こころ》みたが、名乗った途端に「あんたと話すことはなにもない」とにべもなく通話を切られてしまった。

メールも春真からアドレスを聞きだして送ってみたが着信拒否され、なにか好みに合うような品を贈れば多少なりとも心を開いてもらえるかと、春真に探りを入れて好物の食べ物、評判のいいマッサージサロンのチケットや肩凝《こ》り解消グッズなど、あれこれ吟味《ぎんみ》して届けているが、いまのところすべて突っ返されている。

タッパーにあとひとくち残っている杏仁豆腐を見つめ、慧吾は溜息を吐いた。

「……どうしたらいいのかな……。まったくとっかかりが見つからない。せめて話をする機会をもらえたら、男でもそんなに悪い人間じゃないとわかってもらえると思うのに……」

途方に暮れて呟くと、諫山がちらりと腕時計に視線を落としてからやや語調を変えて言った。

「私見ですが、プレゼント攻勢が逆効果なのでは。社長が間藤氏のために真心を込めて一級品をセレクトすることが、先方には財力を見せつける鼻もちならない傲慢《ごうまん》さに感じられるのかもしれません。『どうせおまえの給料じゃ、こんな高級ワイン一生縁がないだろ？　婿《むこ》になったらいくらでも恵んでやるから、ありがたく飲めや』とでも見下されているような錯覚に囚《とら》われて、より反感を募《つの》らせているのではないかと」

まさかの推論に慧吾は息を飲む。

「そんな、誤解だよ、僕は決して紘さんを見下してなんか……！」

「もちろん私は存じておりますが、間藤氏はそう受け取っているやもしれないという話です」

「そんな……」

よかれと思ってしたことが、却《かえ》って悪感情を増幅させているかもしれないと指摘され、ますます遠のいていく交際許可に肩を落とすと、諫山が「ひとつご提案が」と切り出した。

「このまま無視されながらコンタクトを取り続け、いつかほだされてくれるのを気長に待つのは非効率的ですし、力業《ちからわざ》で間藤氏を一泊旅行にお誘いしてみてはいかがでしょうか。先方も内心ではあなたと一度サシで話したいという気持ちがゼロではないでしょうし、一晩膝を突き合わせて話し合えば、意気投合までは望めなくても相互理解のきっかけにはなるでしょう。いいおもてなしをする温泉旅館などにお連れして、一緒に美味しいものを食べて、旨《うま》い酒を酌み交わし、一緒に温泉に浸《つ》かって裸のつきあいをすれば、すこしは気心が知れて、少なくとも社長が美しい容姿に似合わぬド天然で、ビジネス以外ではどんくさいながらも腹黒さはなく、金に物を言わせるようなゲス野郎でもないということがわかっていただけるのではないでしょうか」

ほかに言い様はないのか、と軽く傷つきつつ、

「……できるものならそうしたいけれど、僕が誘っても紘さんが承知してくれるとは思えないよ。手紙も電話もメールも一方通行で、連絡の取りようがないし」

いくら名案でも実現不可能な案だと言いかけると、諫山は片手で眼鏡の蔓《つる》をクイと摘《つ》まんでキラリと眼光を光らせた。

「そこは策を講じるまでのこと。間藤氏が断らないだろう相手に協力を仰《あお》ぐのです。春真様でもいいのですが、今回は間藤氏とご結婚のご予定だという女性を味方に引き入れ、商店街のクジ引きで旅行のクーポン券が当たったとかそれらしい嘘をついて誘っていただきます。その方と一緒に行くという名目で日取りなどを決めていただき、すべてこちらでお膳立《ぜんだ》てして、当日その方ではなく社長が現れる、という寸法なら、間藤氏とふたりだけで話しあう場を強制的に作ることができるかと」

なるほど、と慧吾は呟き、

「……でも騙《だま》し討《う》ちとわかったら、また絃さんの顰蹙《ひんしゅく》を買ったりしないだろうか」

と計画立案者を窺うと、諫山は平然と首肯《しゅこう》した。

「それはもちろんド顰蹙を買うに決まっているでしょうが、怒ってもさっさと一人で帰れないような鄙《ひな》びた旅館を選び、泊まるしかない状況に持ち込みます。あとはあなたの腕次第で、酔わせるなり土下座するなりして間藤氏の怒りを鎮《しず》め、なんとか歩み寄って、可能な限り合意に持ち込んでください」

もしこのプランでよろしければ、私が間藤氏の婚約者の方にお会いして、内密に手配を進めさせていただきますが、いかがでしょうか、と無表情に打診される。慧吾は数秒の思案のあと、

「わかった。君なら万事抜かりはないし、それで進めてもらえるだろうか」

と敏腕《びんわん》秘書に超個人的案件に関与してもらう謝意《しゃい》として、大事な杏仁豆腐の最後のひとくち

を真顔で差し出したのだった。

＊＊＊＊

「おかえりなさい、慧吾《けいご》さん」

「ただいま、春真《はるま》くん。はい、今日のおみやげ」

一日の仕事を終え、一番見たい笑顔で出迎えてくれた可愛い恋人をひしっと抱きしめたい衝動をなんとか堪《こら》え、ケーキの箱とピンクの薔薇《ばら》の花束を渡す。

彼は「ありがとうございます」とはにかみ笑顔で受け取り、

「……二、三、四、五……今日は十本ですね。十本の薔薇はどういう意味なんですか？」

と本数を数えてからほんのり頬を薔薇と同じ色に染めて見上げてくる。

先日、告白用に薔薇の花束を買ったフローリストの店員に薔薇の本数によってそれぞれ意味が異なると聞いたので、その日の気分に合わせてランダムに本数を変えておみやげにしている。

「十本は『あなたはすべてが完璧』っていう意味なんだって。ピンクの薔薇は『可愛い人』っていう意味があるそうだし、花言葉も色も春真くんにぴったりだと思って」

にこっと笑みかけると、彼がボッと音が聞こえそうなほど赤くなり、ぶんぶん首を振った。

「いや、僕なんか全然完璧じゃないし、節約料理しか作れない庶民《しょみん》ハウスキーパーだし、完璧なのは慧吾さんのほうだし、ただの雇用主はそういうこと言わないと思うんですけど……！」

毎度新鮮に照れくさがる相手が可愛くて、またがばりと抱きしめたくなったが、自分から言い出してしまった枷《かせ》のために根性で耐える。

指一本触れない代わりにせめて言葉やプレゼントくらいは許してほしいと思いながら、

「いつも家の仕事もキャメロットの研修も頑張ってる春真くんは文句なしに完璧だよ。もし『美味《おい》しい節約料理選手権』があったら、春真くんは三本の指に入るだろうし」

と笑って三本指を顔の横に立ててみせると、彼が「えっ、三本の指が入る……⁉」と目を瞠《みは》って聞き返した。

慧吾は二、三度目を瞬《しばたた》き、

「……あれ、いま三本の指『に』って言ったつもりだったんだけど、指『が』って言い間違えたかな。ごめんね。もし審査員が僕ひとりだったら、三本指なんて言わず君が断トツで一位なんだけど」

と立てた指を人差し指一本に変え、誉《ほ》め言葉なのに何故ぎょっと驚いた顔をしたんだろうと不思議に思いながら言い直す。

相手はハッとしてからバッと赤くなり、

「……い、いえ、すいませんっ、慧吾さんは全然言い間違えてなくて、僕がうっかり空耳を……、じゃなくて、えーと、僕が節約料理選手権の三本指なんてとんでもないです。今日の夕飯も缶がへこんでるだけで半額になってたトマト缶を使ったキーマカレーと、値引き品の鶏の胸肉で作ったタンドリーチキンと残り野菜に温泉卵を乗せたサラダなんですけど、全然一位でも三位以内でもなくて、たぶん全国の節約料理家の中で二千七百三十二番くらいの出来なので」

としどろもどろに根拠不明の順位を口走る様子が面白くて可愛くて、目頭《めがしら》を押さえたくなる。

また新たに五本の薔薇をプレゼントして、『あなたに出会えたことが心からの喜び』と伝えたい気持ちになりながら、

「そんな謙遜《けんそん》しなくても、絶対もっと上位だと思うけどな。じゃあ自己申告で二千七百三十二番のキーマカレーとチキン、いただいてもいいかな」

と微笑むと、彼は赤い顔でこくこく頷き、パタパタと先にキッチンに走っていく。

その後ろ姿の愛らしさにも涙ぐみそうになりながら部屋着に着替える。

食卓や部屋のあちこちに飾られた薔薇から漂う香りを嗅《か》ぎつつ席につき、いただきます、と一緒に食べ始め、「春真くん、今日の研修はなにをしたの？」とさりげなく水を向ける。

彼にここに戻ってきてもらった翌日、中桐《なかぎり》に連絡を入れ、彼を真剣に好きになってしまったことや、紘《げん》にも伝えたがまだ反対されていること、彼がキャメロットを辞める気はないというので契約を履行《りこう》してもらうために連れ帰ったことなどを報告した。

最初中桐は『あんた本気なの⁉　うちの可愛い新人に手を出したら殺すって言ったでしょ！　同居してるからって手近で遊ぶ気なら許さないわよ！』とわめいたが、彼を一生大事にしたい相手だと思っていることや、まだ（すこししか）手は出してないし、お互い同じ気持ちで想いあっていることを伝えると、中桐は春真に事実かどうか確かめ、

『……まあ、ほんとに両想いみたいだし、あんたにもやっとまた本気で愛せる相手ができたのはよかったけど……でもきっと連帯責任であたしも間藤さんに責められるに決まってるわ～』

と戦々恐々《せんせんきょうきょう》としながらも理解を示してくれた。

『でも言っとくけど、あんたとの契約が終わっても、間藤くんに専業主夫になれとか余計なこと言わないでよ。あの子は夕城《ゆうき》くんに次ぐ金の卵になると見込んでるんだから。……そうだ、残りの契約期間中も一日中あんたんちに閉じ込めて家事させるだけなんてもったいないし、昼間はうちで研修の続きを受けてもらってもいい？　そのほうが早く独り立ちしてもらえるし』

中桐の言葉に、内心（え……）と即答しかねたが、自分がいない間好きなことをして待っていていいと言っても「ダメです、ほんとは恋人でも甘やかしちゃ。前金いただいてるから仕事しないと」と真面目に終日家のことをしてくれる相手に日中外に出てもらえば気晴らしにもなるだろうし、今後もキャメロットの仕事を続けたいとはっきり意思表示されているので、研修の必要性もわかる。

今後仕事で同性相手のレンタルデートをしても浮気の心配はないと言われたのに、ここで研

修すら反対したら、疑り深くて嫉妬深い、自由に働くことも邪魔するような狭量《きょうりょう》なパートナーだと思われてしまう、と葛藤《かっとう》し、「わかりました」と中桐に言ってしまった。

それから彼は半日キャメロットの事務所で研修を受け、残りの時間で家のことをやってくれ、毎日夕食時にその日の研修について訊くと楽しげに報告してくれる。

「今日は網戸の張り替えと、生垣《いけがき》の剪定《せんてい》の仕方を教わりました。たまにそういう依頼もあるらしくて、事務の枝村《えだむら》さんのご自宅の網戸と庭木で練習させてもらったんですけど、生垣は防犯のためにちょっと外から中が透けて見えるように切るのがポイントなんだそうです。枝村さんちの夾竹桃《きょうちくとう》がすごく茂ってて、透けるように切るのは大変だったんですけど、うちは庭がなかったから、高枝切りばさみとか使うの初めてで、ちょっと面白かったです」

「そうなんだ、お疲れ様だったね」

内心、それは本当に研修なんだろうか、単に便利に事務員の私用に使われただけなんじゃ、と思ったが、すぐ研修にケチをつける狭量なパートナーと思われたくなくて笑顔で労《ねぎら》う。

昼間、仕事の合間に彼の位置情報をスマホのＧＰＳで確認したとき、キャメロットの事務所から移動して二駅離れた事務員の家に三時間もいたので気を揉《も》んだが、理由が判明してひそかに安堵する。

五十代の既婚女性の枝村と十八歳の春真になにか間違いがあるとは思わないが、一体なにをやっているのかと乗り込んで確かめたいほどハラハラしてしまった。

自分がこんなに束縛系の男になるとは思っていなかったが、すべて可愛すぎていい子すぎる恋人の身を案じるが故《ゆえ》で、本人に気づかれないようにプチストーキングするくらい、本物のボディガードや監視役をつけることに比べたら至って普通だろうと正当化する。

夕食後には、以前と同じように寝る仕度をしてからリビングで一緒にテレビを見ることにしており、慧吾はパジャマで今日のおみやげのマンゴータルトを皿に乗せてソファに向かう。

以前は毎晩映画を観ていたが、彼が研修を再開してからは時間の短いテレビ番組に変えた。

彼が昼間肉体労働系の研修を受けていたりすると、時折映画の最中にかっくんかっくん船を漕《こ》いでしまうことがある。その様子も可愛いのでじっと眺めていたいのは山々だが、疲れているなら早く寝かせてあげたいし、パジャマの襟元《えりもと》から体温の高そうなほこほこした気配を漂わせ、ふたりでシェアしたケーキの欠片《かけら》をくっつけた半開きの唇からよだれを覗かせて無防備にうたたねする姿を間近で見るとムラムラと欲情が抑えきれなくなるので、しばらく夜の映画観賞はやめようかと紳士面《づら》で提案すると、彼が慌てて嫌がった。

「すいません、僕がすぐうとうとしちゃうせいで……映画がつまらないわけじゃないし、寝たくないのに、勝手に睡魔が断続的に襲ってきて……。慧吾さんが気遣って言ってくれてるのはわかるんですけど、せっかく慧吾さんとふたりでゆっくり過ごせる大事な時間だから、夜の映画タイムはやめたくないです……」

上目遣いの黒目がちの瞳でそう言われ、その場で押し倒さなかった自分を誉めてやりたいくらいムラッときた。

もう家のことはなにもしないで研修だけ受けて、あとは昼寝しててもいい、家事はまた家政婦さんにお願いするから、と喉まで出かかったが、きっと相手は喜ばずに「なに言ってるんですか、セレブだからってそういう無駄なお金使ってるとあとで一円に泣くことになるし、これは僕の仕事だって言ったでしょう？」とびしびし叱りそうだったので、映画は休日に観ることにして、普段は小一時間テレビを一緒に見るということで合意した。

「『世界ふしぎガッテン』って紘さんが好きだったので、よく一緒に見てたんですよ。……へえ、今日はジャングルの特集かぁ」

ソファに並んでマンゴータルトをひとつのフォークで分け合いながら海外情報バラエティを見始めると、彼が紘の話題に触れた。

諫山《いさやま》の暗躍《あんやく》で例の旅行の計画は着々と進行しており、二週間後の週末に決行することになっている。今回は土下座も辞さない覚悟なので、春真がそれを目にすると胸を痛めるやもしれず、旅行のことは内密にして、その日は泊まりがけの出張に行くので留守番を頼むと伝えてある。

テレビにティオランガ共和国という南太平洋の熱帯の島国が紹介され、首都から奥地に飛ぶ風景が映る。それを横目で見ながら、「紘さんとはその後連絡は取ってるのかな」と彼に聞こうとしたとき、画面に奇妙な光景が映った。

局所にモザイクはかかっていたが、褐色《かっしょく》の肌の先住民と日本人の若いＡＤが股間を触り合っており、『これは「タガイー」というダヌワ族の正式な初対面の挨拶です』とテロップが流れる。

思わず画面を二度見して、「……これって、本物の挨拶なのかな」と訝《いぶか》しむと、隣で彼も目を丸くして首を傾《かし》げる。

「……わかんないですけど、いくら奥地の風習でもめちゃくちゃ嘘っぽいし、この番組は毎回ガチなのが売りのはずだけど、初ヤラセかも……」

意表をつく挨拶のあとは、ＡＤが蛇やらサルやら芋虫《いもむし》やらを根性で食したり、無数のワニが蠢《うごめ》く岸辺を声を震わせてカヌーからレポートしたり、ピラルク漁に同行する途中で悪路でコケて全身泥まみれになったりして笑わせつつ、果敢に村人と同じことに挑戦して心を通わせ、最後に村を去る別れの場面では二人共うっすらもらい泣きするほど釘付《くぎづ》けで観賞してしまった。

「慧吾さん、これやっぱりヤラセじゃないと思います。『こんにちは』も『さよなら』もお尻触ってたけど、全然やらしい感じじゃなかったし、きっとあれが普通なんですよ、ダヌワの村じゃ。僕は穏和そうなダヌワ族が金品でヤラセに応じる部族とは思えないし、『ふしぎガッテン』スタッフの良心を信じます」

見終わってからそう断言する春真に慧吾も頷く。

「そうだね、相手の大切なところを優しく触るのが礼儀っていう部族がいてもおかしくはないよね。それに、お互いが本気で好きなら異性でも同性でも普通に恋人になれて、周りも咎《とが》めたりしないっていうのも、おおらかな風習でちょっと羨《うらや》ましい気がしたよ」

もし自分たちが来世にこの部族に生まれ変われたら、いまのように反対されずに受け入れられるだろうが、挨拶のたびに彼のお尻を触ったりしたら、絶対挨拶だけじゃ済まないことになってしまうし、ほかの部族民もみんな彼のお尻を挨拶で触るなんて絶対に許せないから、やっぱり来世に生まれ変わりたい説は却下だ、と思っていると、彼が申し訳なさそうに頭を下げた。

「……すみません、絃さんのことで慧吾さんをたくさん悩ませてしまって……」

脳内で変な想定をしている間に、彼は自分の『羨ましい』という言葉を現状の愚痴《ぐち》と受け取ったらしく恐縮顔で謝られてしまい、急いでフォローする。

「ごめん、絃さんのことを当てつけたわけじゃないんだ。ビジネスの場でも、最初にNOと言う人は、あとでYESに変わる可能性がある人だって考えるようにしてるし、絃さんの攻略がいかに大変でも全然くじけてないからね」

にこっと笑って言い直すと、キュンと彼の胸の鼓動が跳ねた気配が伝わった。

両想い同士のテレパシーで、相手にもいま自分が彼にダヌワ式挨拶をするなら手だけじゃなく舌も使って舐《な》め回したいと思っていることが伝わってしまったらまずい、と急いで目を逸《そ》らして立ち上がる。

湧き上がる強い欲情を押し隠し、慧吾は紳士の微笑を張り付けながら言った。

「じゃあ春真くん、おやすみ。生垣の剪定のせいで明日筋肉痛にならないように、寝る前にマッサージチェアで念入りにほぐしてから寝るといいよ。あと今日のキーマカレーもタンドリーチキンもサラダもすごく美味しかった。いつもありがとう。じゃあ、僕は持ち帰りの仕事があるから、部屋に戻るね」

口にしたことも本心だが、口にしなかった『自分がマッサージチェアになって揉みほぐしてあげたい、特にダヌワ式挨拶をする場所を念入りに』という本心がバレないように、慧吾は足早に自室に退散した。

＊＊＊＊

「……シッ、痛っ……」

浴室の壁に片手をつき、後ろに突き出した腰の奥に二本入れた指をすこし左右に開こうとして、ピリッと切れそうな痛みを感じて春真《はるま》はすぐに指を引き抜く。

「……うーん、まだ全然あの動画の人みたいにパクパクしないな……」

やっと指が二本入るようになったが、三本目を入れようとするとまだ痛いし、中を弄《いじ》っても快感より異物感のほうが強く、なかなか思うように開発が進まない。

どうやったら三本目がスムーズに入るか悩んでいた矢先に慧吾《けいご》から「料理が三本指に入る」と誉められて、思わずこっぱずかしい聞き違いをしてしまったが、相手にはバレなかったようなのでギリギリセーフだった。

こっそり「ゲイ　アナル　開発」で検索したときに見つけた『アナルと雪の女王』というゲイ動画を見たら、自分と似たような少年体型の男優が、恋人のものよりもっと大きい馬並みの巨根を平気でズポズポ出し入れされて快感に喘《あえ》いでいたので、自分もきっと鍛錬《たんれん》すればなんとかなる、と言い聞かせて春真は床に両膝をついて膝立ちになる。

もう一度両手にボディソープをとり、片手で性器を握り、片手で乳首を摘《つ》まんで目を閉じる。眼裏《まなうら》に初めてこの場所で慧吾としたときのことを思い浮かべながら触ると、エロ動画を見るより身体が早く火照《ほて》ってくるので、後ろの開発はいつもバスルームでいたしている。

「……んっ……はぁっ……」

ボディソープでぬるつく手を後ろに回し、入口をくるくると撫でて刺激する。

そろっと一本潜《もぐ》り込ませ、相手の指だと想像しながら自分の指をゆっくり奥に押し入れる。

「ン……ふ、ぅっ……」

前を扱《しご》く手も相手のものだと想像して、お湯の中で大きな手に愛撫された快感を思い出しながら擦《こす》りたてると、性器が芯を持つにつれて奥もすこしずつほぐれてくる。

「んっ……ふ、ぁっ、アッ……」

片手で反《そ》り返る性器の尖端をこね、乳首を引っ張ったり、陰嚢《いんのう》を揉《も》んだり、相手にされたように自分を弄《もてあそ》びながら奥の指を動かしていると、中で指先がかすめた箇所《かしょ》にハッと息が止まる。

「あ、ここ……っ」

ちょっと指がかすっただけでむずっとする場所を相手のもので突かれたらどんな気がするんだろう、と想像しながら指を増やすと、さっきより楽に三本飲み込めた。

「あっ、はっ、うんっ、ン……ッ」

前のめりに身を倒して鏡に凭《もた》れかかり、恋人に揺らされているつもりで腰を揺する。

喘《あえ》ぎで鏡面を白く曇《くも》らせながら、前も後ろもできるだけ大胆に指を動かす。

「んんっ、あっ……あ、慧吾さっ……！」

極まる瞬間、鏡に唇をつけて恋人にキスしている気持ちになりながら春真は達する。

はぁはぁと肩を上下させてぺたりと床に座りこみ、鏡の中の上気した顔の自分と目を合わせる。

「……達《い》った直後なのに……全然フェロモン出てないな……」

春真は鏡に向かってエロい表情やポーズを思いつくまま練習してみる。

「……ダメだ、我ながらギャグにしか見えない……」

ガクリとこうべを垂《た》れ、しょんぼりと鏡や床に散った白濁《はくだく》を洗い流す。

……こんなに頑張って次のエッチに備えても、たぶん僕に色気がなさすぎて、慧吾さんは全然ムラムラしてないみたいだから、当分必要ない努力かも……。

相手に愛されているという実感はあるし、いつもすごく優しくしてくれて大事にしてくれて、今日も二十四本の薔薇《ばら》をおみやげにくれたとき「一日中想っています」という意味だと王子様みたいな笑顔で教えてくれたから、ちゃんと好かれているとは思う。

でも、どうせ大切にしてくれるなら、綺麗なまま箱に入れて保存しておく人形みたいじゃなくて、肌身離さずボロくなるまで抱きまくって可愛がられる人形みたいに大事にされたい。

絃《げん》さんに了解を得ないうちは大人の関係にはならないと宣言されたけど、両想いでひとつ屋根の下で暮らしてるんだし、絃さんがいつも仁王立ちで寝室を監視してるわけじゃないんだから、ほんとにしたいならしちゃってもバレないのに、キスもなんにもしてくれないのは、僕に性的魅力が足りないせいでその気にならないからかも……。

いまのところ唯一の身体的接触は、夜のテレビタイムにスイーツを同じフォークで食べるときの間接的唾液《だえき》交換だけで、そんなものじゃ全然物足りないし、ただの雇用主とハウスキーパーはひとつのフォークであーんしないと思うけど、それがOKだっていうなら、直接キスをして唾液交換したっていいじゃないか、と欲求不満が募《つの》る。

昨夜も一緒に見ていた恋愛ドラマにラブシーンがあったから、僕は慧吾さんとするときのことを妄想してドキドキして、さりげなく肩が触れるように近寄ってみたけど、慧吾さんは微動だにせず、ドラマが終わるなり予告も見ないでサッと立ち上がって、「じゃあ春真くん、おやすみ」とにっこりあっさり自分の部屋に戻っちゃったし、この前ふしぎガッテンで珍妙な風習の先住民の回を見たときも、僕は自分が白い腰蓑《こしみの》をつけた部族民で、慧吾さんがティオランガにジーンネクストの販売網拡大のために出張に来て、現地の商談相手にジャングル観光を勧められてダヌワの森を訪れて、初対面で会った瞬間に僕が慧吾さんのものを『タガイー』しちゃう妄想ストーリーを一瞬で繰り広げたのに、慧吾さんはいつもどおり紳士的な顔で見てたから、僕とのエロい想像なんかまったくしてないだろうし、僕ばっかり慧吾さんといちゃいちゃしたくてしょうがないみたいで、なんだか淋しい……。

いじけた吐息を零《こぼ》しつつパジャマに着替え、とぼとぼ部屋に戻ってベッドの端に掛けると、向かいの壁際に吊るしてある、慧吾から前にもらって萎《しお》れた花束をドライフラワーにしたものがいくつも目に映り、春真はホッと口許《くちもと》をほころばせる。

……大丈夫、変な心配しなくても、きっと慧吾さんは紳士だから、ちゃんと理性的に約束を果たそうとしてるだけで、僕が乳臭すぎるから醒《さ》めてきてるわけじゃない。

だって、あの四本の薔薇は「死ぬまで気持ちは変わりません」という意味だって言ってたし、隣の九本は「いつも一緒にいてください」で、一本は「あなたしかいない」で、四十本は「真実の愛」だって言ってたし、まだリビングで綺麗に咲いてる薔薇の意味も全部甘い告白だった。

それによく考えたら、慧吾さんは紘さんの許可が下りたら未成年でもやらせてって、あんまり紳士的じゃないことも言ってたし、まったく僕とする気がないわけじゃないはずだから落ち込むことはない、と気を取り直し、春真は首から下げたペアリングを薬指に嵌《は》め、恋人の唇の代わりに指輪にチュッと口づけてから眠りについた。

＊＊＊＊＊

「間藤《まとう》くん、悪いんだけど、今日は研修じゃなくてキャストを引き受けてもらえないかしら」

キャメロットの事務所につくなり中桐《なかぎり》社長にそう言われ、春真《はるま》は目を瞠《みは》って聞き返す。

「えっ、今日これからですか？」

今日は自転車のパンク処理の実技をすると言われていたので、汚れてもいいようなTシャツとデニムで出勤してきてしまった。

中桐は頷いて、

「夜中に依頼が来てたのを朝一で気づいたから、急で申し訳ないわ。でも依頼内容は簡単なの。二時間、高齢男性の話し相手になってほしいのよ。なんでも、ずっと不仲だった娘が孫を連れて会いに来ることになったんだけど、初めて会う孫とうまく話せるように、本人と会う前に同じ年頃の男の子と話す練習をしたいそうなの。バイトの子に打診したら、今日は都合が合わなくて、もし間藤くんにやってもらえたらすごく助かるんだけど」

と両手を組んで目力を込めた視線を向けられる。

老人の話し相手なら特別な技術がなくてもできるだろうし、ほかに適任がいないなら、と春真は頷く。

「わかりました。慧吾《けいご》さんとの契約を除けば初めての稼働《かどう》だからドキドキしますけど、頑張っていい孫を演じてきますね」

そう言うと、中桐は眉尻を下げてむぎゅっと春真の肩を抱く。

「んー、いい子。大丈夫よ、間藤くんは頑張らなくても素で孫力《まごりょく》高いから。弟力も息子力も高いだろうし、今後は可愛い年下男子キャラは間藤くんにメインに担当してもらうつもりよ」

「はぁ……」

苦笑して頷きつつ、やっぱり孫とか息子とか弟とか、全部幼いイメージだし、セクシー彼氏のオファーとかは僕には絶対回って来ないんだろうな、と思いながら、依頼人の情報を聞く。

依頼人は緑川貞雄《みどりかわさだお》という七十歳の男性で、待ち合わせの場所はホテルニューオータミのロビーで、十一時に向こうから合図の電話を入れるということだった。

「……あ、でも僕、今日まさか高級ホテルに行くとは思ってなかったから、しょぼい恰好《かっこう》で来ちゃったんですけど」

場所を聞いてTシャツの襟元《えりもと》を摘まんで中桐に困り顔を向けると、

「しょぼくはないけど、ちょっとラフだからシャツだけ綺麗めなのを貸すわね。でも依頼人の希望は『普通の十八歳の男子』だし、もしかしてホテルで待ち合わせても、すぐファミレスとかに移動する気かもしれないから、そんなフォーマルじゃなくてもいいと思うわ」

と言われ、アイロンのかかったシャツと業務連絡用の携帯と経費を預かり、先方の電話番号も教わって、待ち合わせの五分前に着くようにホテルに向かう。

入口からすぐ目につくような場所に立ち、携帯を片手に周囲に視線を向けながら依頼人について想像しながら待つ。

ここを待ち合わせに指定するということは、結構お金持ちのおじいさんか、近くに住んでいる人なのかな。娘と仲違《なかたが》いして孫が十八になるまで会わなかったっていうから、結構頑固《がんこ》おやじかもしれないけど、頑固系は絃さんで免疫《めんえき》があるからなんとかなるだろう。でも『緑川』って、どっかで聞いた気がするな……と記憶を辿《たど》り、慧吾さんの実家の執事さんと同じ苗字だけど、まさかあの人じゃないよな、と思ったとき、「間藤君」と背後から年配の男性の声が聞こえた。

合図の電話がなかったが、画像でわかったのかも、と思いながら笑顔を作って振り返る。

「はじめまして、キャメロ……え!?」

挨拶《あいさつ》しかけた春真は目を剝《む》いて言葉を失う。

目の前にいた『緑川氏』は霧生《きりゅう》家の執事ではなく、霧生家の当主その人だった。

なんで慧吾さんのお父様がここに……、と春真は困惑と混乱で固まる。

相手は所用で訪れたホテルでたまたま顔見知りを見かけたので声をかけた、という雰囲気ではまったくなく、明らかに春真に物申す気でいるのがびんびん伝わってくる。

霧生修輔《しゅうすけ》はにこりともせず威圧感のある視線で春真を見おろしながら言った。

「うちの執事の名を騙《かた》って君をレンタルしたのは、こうでもしないと慧吾抜きで君と話をする機会が持てないと思ったからだ。上に部屋を取ってある。一緒に来てもらいたい」

「……っ」

風貌《ふうぼう》はジェントルマンでも、ヤクザに絡《から》まれたも同然の恐怖感を覚え、春真は身を固くする。

たぶん、キャメロットに嘘の依頼をしてまで自分を呼び出したのは、慧吾さんと別れるよう恫喝《どうかつ》する気だと察せられた。

そんな脅《おど》しに屈してなるものか、と戦闘モードで受けて立とうとして、このまま密室でふたりきりでバトルするのは得策じゃないかも、と一瞬思案する。相手がなにを言おうと断固反論する気だが、話し合いの場は複数の他人の目がある野外のほうが感情的に怒鳴られたり暴力に訴えられたりせず、こっちの言い分も聞いてもらえるかも、と春真は意を決して口を開いた。

「あの、お父様、僕もお父様にお話ししたいことが、」

そう切り出した途端、「君に『お父様』と呼ばれる筋合いはない」とけんもほろろに言われる。

出端《でばな》をくじかれて春真は目を瞬《しばたた》き、

「……まあそうなんですけど、ほかに適当な呼び方が思いつかなくて……僕が『霧生さん』とか『修輔さん』とか対等な感じで呼ぶのは生意気かなって気がするし、『霧生会長』っていうのも、僕はフォグライフの社員じゃないからしっくりこないし、『霧生様』も使用人じゃないんだからそこまでへりくだらなくていいかなと思うし、僕のパートナーの父親でセレブだから『お父さん』より『お父様』のほうが妥当かなと思ったんですけど。おまえなんか他人だっていうなら、『おじさん』って呼ぶしかないけど、それはきっともっとムカつくんじゃないかと思って」

といろんなバージョンを想定しながら言うと、相手はペースを崩されたような仏頂面《ぶっちょうづら》で
「……もう好きなように呼んでいいっ」と吐き捨てる。

相手の絵に描いたような偏屈《へんくつ》な反応が若干《じゃっかん》面白く感じられてきて、春真は小さく笑んで話を続ける。

「じゃあ改めてお父様、話し合い用に部屋を用意してくれたそうですけど、フォグライフホールディングスの会長さんが未成年の男子と二時間ホテルの部屋に籠《こも》るって、マズくないですか？　お父様の動向を張っている経済誌とか週刊文鳥《ぶんちょう》の記者に見られたら、あらぬ誤解を招くかもしれません。二時間後に出てくるとき、交渉が決裂して僕が高級な灰皿を投げられて痛み

を堪《こら》えてよろよろしてて、お父様も激昂《げっこう》のせいで頬が紅潮して息が荒くなってたりしたら、『霧生会長が未成年男子の愛人と密会！』的なガセネタをすっぱ抜かれるかも。僕は無名の庶民だし、写真に目線入るだろうから嘘書かれても屁《へ》でもないけど、お父様にはよろしくないんじゃないかと思うんです。ですので、場所を変えませんか？　えーと、例えば遠い親戚の子が田舎から東京見物に来て、パンダが見たいと言うから案内してあげた、とか2ショットを撮られても健全な言い訳ができるように、動物園を散策しながら話し合うっていうのはどうでしょう？」

もし上に連れていかれたら、きっと一方的に罵声《ばせい》を浴びせられるだけでまともな話し合いにならないと思われ、ありえなくはないスキャンダルネタを創作して場所替えを訴えると、修輔は険《けわ》しい表情でしばし沈黙したのち、渋々の口調で「……いいだろう」と低く言った。

「……こんなところには息子たちが幼いときにも来たことがないのに……」

入園ゲートを並んでくぐりながら、ぶつぶつ不服げな声を出す修輔を見やり、

「そうなんですか。きっとお仕事がお忙しくてそんな暇なかったんでしょうね。実の息子さんたちとも来てないのに、赤の他人の僕とじゃ不本意でしょうけど、また次の機会に慧吾さんやお兄様たちやお孫さんと一緒に来るときの下見とでも思ってくれませんか？　僕の叔父は僕に

なるべくいろんな体験をさせてやりたいっていうポリシーだったので、あちこち一緒に行った思い出がいっぱいあるんですけど、お父様もこれからでもまだ間に合います。子供の頃に連れていけなくても、大人になってからでも思い出作りはできますよ」

なんとかぴりぴりした空気を和《なご》ませようと笑顔で言うと、気安く馴染むなとでも言いたげな一瞥《いちべつ》を向けられる。

「そんなことはどうでもいい。単刀直入に聞く。いくらなら慧吾と別れるんだ」

「……え?」

スーツの内ポケットから小切手帳を取り出す修輔に春真は目を瞠《みは》って立ちすくむ。

……この人はまだ僕のことをお金目当てだと思ってるんだ、と思ったら、もう啖呵《たんか》は切らずに感じよく振る舞うなどという殊勝《しゅしょう》な決意は彼方《かなた》へすっ飛び、春真はキッと修輔を睨みつけた。

「いりません、お金なんて。そんなもの、早くしまってください。迂闊《うかつ》にそういうことして、週刊文鳥に『動物園で愛人の少年にお手当を渡す霧生会長』的な写真が載っちゃったら困るのはお父様のほうですよ! ……それに、何億積まれたって僕は慧吾さんとは別れませんから。前にも言ったけど、僕は慧吾さんがお金持ちだから好きになったわけじゃないし、万が一僕が慧吾さんと別れるとすれば、慧吾さん本人から『もう嫌いになった』とか『ほかに好きな人が出来たから別れてくれ』って言われたときだけですから!」

そう叫ぶと、修輔は春真の言葉が実際に礫《つぶて》になってぶつかりでもしたかのようにビリッと身じろぎ、目を見開いた。

その顔を見て、春真はハッと我に返り、きっとものすごく怒ったんだ、と売られた喧嘩を買ってしまったことを後悔する。

好きな人の父親にはなるべく気に入られたいのに自《みずか》ら険悪にしてどうする、と内心慌てふためき、なんとか相手の心を和ませる方法はないかと周囲に視線を走らせると、前方にモルモットやハムスターやウサギを放してある子供向けのふれあい広場が目に留まった。

低めの柵《さく》の中で小動物を愛《め》でているのは主に幼児だったが、中には親やカップルもキャッキャと抱いたりエサをやったりしており、これだ、と春真は急いで修輔を振り返って提案した。

「お父様、突然ですけど、あの中に入るとウサギとかに触れるみたいだから、せっかくだから僕たちも行って抱かせてもらいませんか？」

「え」

可愛い動物のヒーリング効果で啖呵を切った印象を薄めて怒りを鎮《しず》めてもらおう、と春真は急いで修輔の腕を取って小走りする。

「おいこら、小僧、待て」と言う修輔を引っ張って柵の入口にいる飼育員に会釈《えしゃく》して中に入る。

「わ、いっぱいいますね。お父様、どれにします？　僕はこの茶色いモルモットにしようかな」

その場にしゃがみこみ、もぐもぐキャベツの欠片《かけら》を齧《かじ》っているモルモットの背を撫でながら、横に立つ修輔を見上げると、

「……私は触らんぞ、そんなもの。なにか菌《きん》とか蚤《のみ》でも付いていそうだし、フンもコロコロ落ちているじゃないか」

とその場に立つのも嫌そうに両腕をしっかり組んで拒絶の意思を示される。

しまった、高級ティッシュを作る会社のトップは潔癖症だったのか、と作戦失敗に内心引《ひ》き攣《つ》りつつ、

「……えっと、でもフンはしょうがないじゃないですか、生きてるんだから。それに人間だってフンをするからトイレットペーパーを使うんだし、モルモットたちがフォグライフのペーパー使わないからってフンするのを咎《とが》めちゃ可哀想ですよ。……ああでも、ほら、多少蚤がいたとしても、この感触は最高ですよ」

と抱き上げたモルモットを両手でもふもふして、つい自分が癒《いや》されてしまう。

修輔は苛立ちも露《あら》わに口を開きかけ、さすがに周りの子供や親に聞こえるような場所で怒号を浴びせるのは躊躇《ためら》われたらしく、のろのろ膝を折って春真のそばにしゃがんだ。

抱っこしてみますか？　と一応訊ねると、「いらん」と即答し、修輔はやや音量を下げて言った。

「……調べさせたところ、君と慧吾はまだ出会ってひと月だそうだな。育った環境もまるで違うし、歳も離れている。同性愛者は簡単に関係を持つのかもしれんが、君のような生まれの小僧がなんの打算もなく恋愛感情だけで慧吾の元にいるとはとても信じられん。金目当てじゃな

いというなら、なにが目的だ」

相手が自分の生《お》い立ちを調べ、性別だけでなく育ちも息子の相手にふさわしくないと思っているのはよくわかったが、そんな条件だけで不適格とみなされたくない、と春真はモルモットを胸に抱え直しながら目を上げた。

「目的なんて、ただ慧吾さんが好きだから一緒にいたいだけです。それに簡単に関係なんか持ってません。僕は持ってもいいのに、慧吾さんが筋を通すっていうからお預けだし……じゃなくて、出会って間もなくても、本気で恋することだってあります。僕もそんなのドラマやマンガの中だけのことだと思ってたけど、自分に起きてみてわかりました。僕たちは生まれも育ちも全然違うけど、たぶんお互いに一緒にいて一番心地いい相手なんです。運よくそういう相手に巡り合えたんです。お父様は僕が慧吾さんの経済力や肩書しか見てないような言い方をするけど、もっとたくさんある慧吾さんの魅力の中で僕が一番好きなのは慧吾さんの人柄です」

以前、霧生邸訪問前に、もし家族に『慧吾のどこが好きか』と訊かれたら、という練習を何度もしたことを思い出して春真は笑みを浮かべる。

「慧吾さんはどんなときも穏やかでにこやかで、最初はちょっと天然だからいつもほわっとしてるのかなって思ったけど、優しいだけじゃなくて心が強いからそうできるんだってすぐわかりました。お父様と同じように慧吾さんも社長だから、責任も重いし、いつもうまくいくわけじゃなくて大変なときも腹が立つときもあると思うんです。でも僕の前ではもちろん、秘書の方に聞いても、慧吾さんはどんな状況でも周りにマイナスの感情をぶつけることはないそうで、そういうところも大人で尊敬できるし、プライベートでも思うようにいかないことがあっても、腐《くさ》らず前向きに乗り切ろうとするところもとても惹かれます」

好きなところをいろいろ挙げているうちに、あれもこれもと次々言いたいことが浮かび、

「あとセレブなのに僕の作る材料費一食二百円以下の庶民飯をほんとに美味《おい》しそうに感謝しながら食べてくれるし、金なら出すから毎日松阪牛《まつさかぎゅう》食わせろやとか文句言わないし、日曜日はハウスキーパーの仕事は休みにしてくれて、雇用主なのに家事全部やってくれるし、毎日おみやげに花とケーキを買ってきてくれるんです。時々桐《きり》の箱入りの一個ずつ小さな座布団に乗った白い苺《いちご》とか目の玉ふっとびそうな高級なおみやげもくれちゃって、そんな見たこともない果物とか一本以上の薔薇《ばら》とか贅沢《ぜいたく》なものをもらうのは心苦しいんですけど、めちゃくちゃときめく花言葉と笑顔付きでくれるから無駄遣いするなって厳しく言えなくて、つい喜んでもらっちゃうんですけど、別に貢《みつ》がせるのが目的じゃなくて、気持ちをいただいてるだけなんです」

と止まらない勢いで盛大にのろけると、修輔は鼻白《はなじろ》んだように、

「……金づるを手玉に取ろうという性悪《しょうわる》の割には意外と堅実な金銭感覚なんだな……」と呟く。

また『性悪』って言った、と春真はムッと眉を顰《ひそ》め、

「だから、僕はお金目当ての性悪じゃないって前にも言いましたよね！　もし慧吾さんがこのさき事業に失敗して一文無しになったとしても、僕が稼《かせ》いで再起《さいき》を支える気だし、もし最初に

出会ったときが激貧《げきひん》時代の慧吾さんだったとしても、中身がいまの慧吾さんのままだったら、僕はきっと好きになったし、一緒に貧乏暮らししながら起業を応援したと思います」

と胸を張って主張すると、修輔はしばし黙って春真を見つめてから言った。

「……なぜそんなに衒《てら》いなく好きだのなんだの言えるんだ、男同士なのに」

「……え」

なぜと言われても、それが僕にとっては自然なことだったから、と言いかけ、きっとこの人の常識では、男と女以外の組み合わせのカップルは堂々と存在することは許されない、世間様に顔向けできない日陰の身だと思ってるんだろうな、と思いながら、春真は言った。

「……僕の家族構成とか調べたそうだからご存じだと思いますけど、僕は叔父と二人家族で、それがうちの『普通』だったから、両親が揃ってなきゃ普通じゃないとか思わなかったし、叔父の仕事は義肢装具士《ぎしそうぐし》なので、生まれつきや病気や事故で手足を欠損《けっそん》した方も身近な存在でした。だから、いろんな人がいるっていうのが当たり前で、人と違うってことを卑下《ひげ》する必要はないし、ましてや他人が貶《おとし》めたりするのはおかしいことだと思いながら育ちました。お父様は普通は男は女を好きになるものだって頭から信じてるけど、僕は『そういう人もいる。でも違う人もいる』って思うので、慧吾さんを好きになったことも、そんなに非常識で批判されなきゃいけない間違ったことだなんて思いませんでした」

春真は毅然《きぜん》とした眼差しで修輔を見つめ、言葉を継いだ。

「男同士は世の中の大多数ではないけど、少数だから悪いと決めつけないでほしいし、僕の両親は小さい頃に亡くなってるので、自分の人生も不意打ちでいつ閉じるかわからないっていう気持ちがあって、後悔しないように生きてるうちは精一杯生きたいし、せっかく大事な人に巡り合えたからには、世間の目とかそんなこと気にせず全力で好きでいたいと思ってるんです」

わかってもらえるかどうかはわからないが、懸命に自分の思いを伝える。

黙って聞いていた修輔がなにか言いかけたとき、「春真くん！　……お父さんっ⁉」と突然叫ぶ声が聞こえ、春真は（えっ）と声のしたほうを振りむく。

どういうわけかこちらに向かって走ってくる慧吾と諫山《いさやま》を認め、もしかして偶然この動物園の職員事務所に営業にでも来たんだろうか、と驚いて立ち上がり、「慧吾さん！」と叫び返す。

息を切らして駆けつけた慧吾がモルモットを抱いたままの春真を見て「くっ可愛い……！」と呻《うめ》くように呟き、「いや違う、お父さんっ！　一体なにをしているんですか！　春真くんをこんなところに連れてきて……！」と修輔に向き直って珍しく声を荒らげて詰問《きつもん》する。

「私が連れてきたくて来たわけじゃない、この小僧が連れていけと言ったんだ！　もし写真を撮られても親戚の子とパンダを見に来たと言えるようにと」

「は⁉　意味がわかるように説明してもらえませんか⁉　こんな昼日中に研修中の春真くんを呼び出すなんて、どういうつもりなんです！　きっとまた失礼な暴言を吐いたんでしょう⁉」

「この小僧が怒濤《どとう》のようにしゃべるから、私はほとんど口を挟めなかったし、おまえこそ昼日中にここでなにをしている！　暇なのか⁉」

「暇じゃありませんよ！　でも春真くんが急に事務所からホテル経由で動物園に移動したから心配で……、でも、まさかお父さんと一緒だなんて夢にも思いませんでしたよ！」

柵を隔《へだ》てて突如《とつじょ》始まったセレブの親子ゲンカにギャラリーたちの視線が集中する。

どうして慧吾が自分の行動を見て来たように知っているのか突っ込む暇もなく仲裁《ちゅうさい》しようとしたとき、諫山が平板な声で遮《さえぎ》った。

「大変恐縮ですが、霧生会長も社長も、ここでは人目がありますので、お車のほうにご移動いただけますでしょうか」

諫山の慇懃《いんぎん》かつ有無《うむ》を言わさぬ圧にセレブ親子は口を閉じ、一同は駐車場の一角に停められた慧吾の車に場所を移す。

運転席に諫山が、助手席に春真が座り、リアシートに慧吾と修輔が並ぶ。

「お父さん、まさかとは思いますが、春真くんに僕と別れるように強要するために呼び出したんですか？　僕たちのことがご不満なら、ほっといてくださいとお願いしたはずです。相変わらず『小僧』呼ばわりだし、また春真くんに聞くに堪《た》えない罵声を浴びせて傷つけたのなら、僕はあなたを許しません」

丁寧だが常の穏やかさは影を潜《ひそ》めた慧吾の剣幕に、春真は慌てて取りなす。

「慧吾さん、大丈夫です。前のときより目新しい暴言はなかったたし、二度目だからそんなにインパクトなくて、啖呵も一回しか切ってないです」

またフォローになってないかも、と言ってから気づき、春真は急いで付け足す。

「それに、僕は今日お父様と話せてよかったです。たぶんこんなに反対するのは僕が相手じゃ慧吾さんが幸せになれないんじゃないかって心配してのことだから、いろいろ言われても憎めないし、僕がちゃんと慧吾さんを幸せにしてあげられるって証明してみせればいいだけだから、そんなに怒らないであげてください」

助手席から慧吾に笑みかけると、「春真くん……」と感極まったような瞳で見返される。

しばらく黙ってふたりの様子を見ていた修輔は慧吾に視線を据《す》えて、低く言った。

「……そんなにこの小僧がいいのか、おまえは」

慧吾は一瞬動きを止め、真顔で深く首肯《しゅこう》する。

「はい。春真くんは唯一無二の僕の運命の相手です。彼以外は愛せません」

きっぱりと断言され、嬉しさとときめきと、「僕も」と言いたい気持ちと、修輔と諫山の前で堂々とそんなこと、と悶《もだ》える気持ちが入り混じり、真っ赤になって口をはくはくしていると、修輔が溜息と共に吐き出すように言った。

「……それならもうなにも言わん。好きにしろ」

「……え？」

ふたり同時に聞き返すと、修輔は憑《つ》き物が落ちたような様子でもう一度溜息をつく。

「……私にはどうしても同性愛など理解できんが、勘当して十年経《た》っても治らんものは一生治らんのだろう。……どうせ男しか駄目なら、ろくでもない相手よりはその小僧のほうがマシだ」

「……っ」

たぶん、それは修輔にできる最大限の好意的表現のように思えて、春真が「お父様」と呼びかけようとしたとき、修輔はプイと顔を背《そむ》けてドアを開けた。

外で待っていた自分の運転手に手を貸されて立ち上がると、振り返りざまに、

「慧吾、その小僧はおまえが破産したら、生意気にも自分が養う気でいるそうだ。妙なレンタル会社の社員ごときの給料などたかが知れているし、ふたりして路頭に迷わないようにしっかりやれ」

とぶっきらぼうに言い捨て、行きに乗ってきた高級車で去っていった。

春真は車が見えなくなってから、慧吾を振り返って念のため確認する。

「……あの、いまのは、お父様が許してくれたってことでいいんですかね、僕たちのこと……」

好きにしろと言われたし、ニュアンス的に反対するのを諦めてくれた気がするが、態度も言葉も嫌味ったらしすぎて自信をなくして確かめると、

「……そうだと思うけど、あの人のことだから好意的に解釈していいものかどうか……諫山くんはどう思う？」

と慧吾も不安らしく秘書に第三者としての意見を求める。

「かなりひねくれた言い方でしたが、おふたりの仲を認めてくださったのだとお見受けしました。おそらく春真様と動物園をご一緒されて、お人柄をお気に召されたのではないでしょうか」

諌山の言葉に勇気を得て、春真はパァッと笑顔を浮かべる。

「諌山さんもそう思うならきっとそうですよね……！　よかった〜、全然遠慮しないでズケズケ言っちゃったし、潔癖なのにモルモット触らせようとしちゃったし、もう絶対気に入られるわけないと思ったけど、最初に言われた『小僧』より、最後の『小僧』にはちょっと愛が感じられた気がしたから、また次に会う機会があったら、今度こそいい感じに振る舞って、もっと気に入ってもらえるように頑張りますから！」

両手で拳《こぶし》を作って気合いをアピールすると、慧吾が愛《いと》おしげに目を細めた。

「ありがとう。君は本当に僕の幸運の天使だよ。あの父があんなことを言うなんて、君じゃなきゃ考えられなかった。一生無理だと思っていた父の攻略を君がファインプレーで決めてくれたから、今度は僕が紘《げん》さんをなんとか攻略してみせるからね」

そう微笑んでから、隣においでと優しく手招きされ、春真はこくんと頷いて助手席から降りてリアシートに移る。

キャメロットの事務所に送ってもらう道すがら、春真はふと気になったことを質問した。

「あの、慧吾さん、僕が動物園に来たこと、中桐社長に聞いたんですか？　ホテルで待ち合わせしたことも知ってたみたいだし」

慧吾はかすかにピクッとしてから、ニコッと優美な微笑を向けてくる。

「……そうなんだ、中桐さんから連絡があって、たまたま仕事の挨拶回りで近くに来たものだから、寄ってみたんだ」

やっぱりそうだったんだ、と一瞬信じかけたとき、運転席から諫山が言った。

「社長、あとでバレるより、いま正直にお話しされたほうがよろしいのでは。溺愛《できあい》が高《こう》じて病的な心配性になり、スマホのアプリで常に所在を確認していることや、ご自宅の防犯カメラの映像チェックを夜な夜なしていることなど」

え、と春真が驚いて隣を見たのと同時に「諫山くんっ！」と慧吾が声を裏返して制止する。

「なにを言い出すんだ、君ともあろう人がそんな根も葉もない……、春真くん、いまのは諫山くんの冗談だから、真に受けなくていいからね」

表情はにこやかだったが、マンガ的表現で言えばこめかみの冷や汗と額の斜線が見えるような疑わしさがあり、もう一度真偽を問おうとして春真はハッと息を飲む。

「……防犯カメラって、もしかして僕の部屋のバスルームにもついてるんですかっ……⁉」

もし後ろの開発をしている姿がすべて映ってて見られてたら恥ずかしくて死ねる……！　とザァッと青ざめて問うと、慧吾は即座に顔と両手を振って否定した。

「いや、君の部屋やバスルームにカメラはついてないから、神かけて君の着替えや入浴シーンやプライベートな姿は見てないよ。リビングやキッチンで君が家事しているところを楽しく見てるだけなんだ。君が掃除しながらテレビでやってるきくち体操とか真似してるところを毎日微笑ましく見てるだけで……決していかがわしい目的で見てるわけじゃないんだ」

平日に映画を見なくなったから、余った時間にちらっと眺めてるだけなんだよ、とおろおろ弁解され、春真は（本当に……!?）とじぃっと瞳を覗きこむと、こくこく頷かれる。

たしかに最近夜のテレビタイムのあと速攻で部屋に戻ってたけど、防犯カメラの映像を見るためだったのか、と納得はいく。雇われた当日に防犯カメラがあると聞いていたのに、この頃すっかりカメラの存在を忘れて、うっかり適当にさぼっているところを見られていたのは不覚だったが、とにかく風呂場でのアレさえ見られてないならどうでもいいと思ったとき、遠慮がちに「……気を悪くしたかな」と神妙《しんみょう》な顔で訊かれる。

春真はわざと横目で冷ややかな表情を作って頷いた。

「……はっきり言って、ちょっとストーカーだし覗き魔みたいでキモいです。……でも、そんなことまでしちゃうほど僕のこと好きなのかって思うと、キモいけど若干《じゃっかん》嬉しくないこともないから、そんなに怒ってはいませんけど、もうカメラの映像は見ないでください。そんなの見る暇あるなら、また一緒に映画観ましょうよ、隣に並んで、手とか握って」

仲良しの雇用主とハウスキーパーならそれくらいしますよ、と言いながら、春真はリアシートの隣の相手にもっと近づき、そっと手を繋ぐ。

慧吾は一瞬目を瞠《みは》り、すぐに嬉しそうに笑って手を握り返してきた。

ＧＰＳの居場所チェックもやめてほしい、と言い忘れたことに気づいたが、別に知られて困るような後ろ暗い行動はしてないし、仕事を放りだして様子を見に来るほど愛されてると思うと、社会人ならそんなアホなことはするなと叱るべきなのに、すこしまんざらでもない気分になってしまう。

仕事は抜け出さないように釘《くぎ》を刺せば、ＧＰＳくらいまあいいか、と軽く肩を竦《すく》め、春真はもう一度キュッと繋いだ手に力を込め、こつんと甘えるように肩に頭を寄せて久しぶりのスキンシップを楽しんだのだった。

＊＊＊＊

「お連れ様はお先にご到着されて、お部屋のほうでお待ちでございます」

離れに案内してくれる仲居と共に竹林の小道を歩きながら、

「恐れ入ります。……それで、先にお願いしておりました通り、僕が部屋に入って五分したらお料理とお酒を間をあけずに一気に運んでいただいて、その後もし罵声《ばせい》や人が殴られるような物音や呻《うめ》き声がしても、決して喧嘩や犯罪行為ではなく双方合意の上ですので、どうかご心配なく入室せずに放置していただけますでしょうか」

と慧吾《けいご》は怪しすぎる依頼を再度確認しながら高額のチップをさりげなく渡す。

仲居の脳内で、先に来た筋肉質の男性客がSで、この美しい男性客がMで一晩中ハードなプレイをする気なのかも、と思われたとも知らず、慧吾は緊張に強張《こわば》る顔を両手で叩いて気合いを入れ直す。

大正時代に建てられた老舗《しにせ》高級旅館「蔦乃屋《つたのや》」の離れの戸口の前で、仲居に「失礼いたします。間藤《まとう》様、お連れ様がお見えになりました」と声をかけてもらってからそのまま戻るよう目顔で合図して、慧吾はひとりで中に入る。

玄関で靴を脱ぐ気配に、絃《げん》が障子《しょうじ》の向こうから弾《はず》んだ声で話しかけてきた。

「お疲れ、笙子《しょうこ》さん、思ったより早かったね。すごい由緒《ゆいしょ》ありげな旅館でびっくりしたよ。笙子さんとこの商店街って太っ腹だな」

こちらの姿がまだ見えないので、相手は婚約者が遅れて現れたと信じており、慧吾はこくっと唾《つば》を飲んで障子を開け、バッと正座をして頭を下げた。

「間藤さん、大変申し訳ありません。本日山内《やまうち》笙子さんはお見えになりません。どうしても間藤さんとふたりでお話をさせていただきたくて、山内さんにご協力していただきました」

「……なんだと……」

諫山の策で、笙子と連れだって駅まで行ったところで笙子に仕事の急用の電話が入った態《てい》で、用が済んだらすぐ追いかけるから先に行って部屋で待ってて、と言ってもらったので、紘の恰好は浴衣《ゆかた》に丹前《たんぜん》を羽織《はお》った完全寛《くつろ》ぎモードだった。

慧吾はもう一度深く頭を下げ、

「こんなやり方をして、本当に申し訳ありません。ですが、私がどんな人間かすこしでも知っていただいてから、春真《はるま》くんのパートナーとして許せるか許せないかご判断いただきたかったんです。ずっと避けられたままではいつまでも歩み寄ることはできません。どうか一晩だけ、間藤さんの貴重なお時間を私にいただけないでしょうか」

と誠心誠意を込めて懇願《こんがん》する。

最初唖然としていた紘は徐々に目を据わらせ、無言でガタッと立ち上がった。

「……ふざけんな、笙子さんまで巻き込んで……、あんたと馴れ合う気はない。俺は帰る」

丹前に手をかけながら自分の服を取りに行こうとする紘に「お待ちください！」と引き留めたとき、玄関から「失礼いたします、お夕食をお持ちいたしました」とナイスタイミングで先の仲居と作務衣《さむえ》を着た金髪碧眼《へきがん》の若い外国人男性が大きなお盆を持って入ってきた。

純和風の老舗旅館に異色の外国人従業員の姿に紘の足が止まった隙に、慧吾はダッと駆け寄って逃げられないようにガバッと横からホールドする。

おい、と驚いて振り払おうとする紘と放すまいとしがみつく慧吾の傍《かたわ》らで、仲居たちが流れるような動きで見た目も香りも陶板《とうばん》焼きのジュージューいう音もすべてが食欲を刺激する豪勢な二人分の料理を配膳《はいぜん》する。

美形の金髪従業員が立ったまま密着しているふたりをやや不思議そうな顔で見上げ、

「大変お待たせいたしました。ご準備が整いましたので、蔦乃屋板長《いたちょう》の心尽くしのお夕食をどうぞごゆっくりご堪能《たんのう》ください」

と流暢《りゅうちょう》な日本語で言いながら、欧米人の率直さの表れた瞳に（なにやってんだろ、この人たち）という気持ちを覗かせる。

すかさず事前に頼んでいた通りに仲居が紘に向かって、

「こちらの食前酒は当地の地酒でございます。そしてこちらの白ワインは間藤様のご愛読書と伺っておりますグルメ漫画『食いしんぼ』三十二巻『飲まずに死ねるか　神の一滴』の回に登場する、フランスはソーテルヌで年三十本しか作られない最高級貴腐《きふ》ワインでございます」

と磨り硝子《すガラス》のグラスに注がれた冷酒や稀少《きしょう》なワインのボトルを手で示す。

春真にリサーチして、以前紘がマンガを読みながら「このワイン、どんだけ美味《うま》いのかな。各国の王室が取り合って買うから一般人の口にはほぼ入らないっつうけど、死ぬ前にひと口でいいから飲んでみてえな」と言っていたというワインをコネを駆使《くし》して入手してあらかじめ宿に送っておいた。

頼むから食いついてくれ、と願いながら、慧吾は紘に腕を回したまま仲居たちに会釈《えしゃく》する。

「ありがとうございます、本当にどのお料理も美しくて美味しそうですね。……間藤さん、せっかくですので、あたたかいうちにいただきませんか？　飲まずに死ねないワインもありますし、こんなに用意していただいてひと口も口をつけずに帰るなんて、もし春真くんがここにいたら『紘さん、もったいないことしちゃダメだよ！　せっかく作ってくれたものを無駄にするなんて最低の行為だし、全部残さず食べて、もし余ったらタッパーに入れてもらってきてよね！』とでも言うんじゃないでしょうか」

「……」

本当に春真が言いそうな言葉と、まさか食べずに帰るなんてありえないですよね、という金髪従業員の率直な視線に屈したらしく、紘は溜息をつき、慧吾の腕を邪険に振りほどきながら

「……わかった、食事はいただきます」と座椅子に座った。

とりあえず第一関門クリア、と慧吾は心の中でガッツポーズをし、退室していく仲居たちに感謝のチップを渡してから紘の向かいに座る。

「間藤さん、おつきあいくださり本当にありがとうございます。私と差し向かいでは味が半減するかとは思いますが、食事に罪はありません。ひとまず休戦して、お召し上がりください」

お近づきの印に食前酒のグラスを取って乾杯しようとすると、紘はぶすっとした顔でひとりで先にグビッと冷酒を干す。

慧吾が急いでワインの栓を抜いてグラスに注ぐと、香りも確かめずにガバッと呷《あお》った。

「……しまった、いまムカムカして一気飲みしちまったから、全然神の一滴かどうかわかんな

かった」

チッと舌打ちする紘にすかさずもう一度瓶《びん》をとり、「お注《つ》ぎします。まだほかにも銘酒《めいしゅ》をたくさんご用意しておきましたので、よろしければご遠慮なくどうぞ」と空《あ》いたグラスに酌《しゃく》をして機嫌を取る。

紘はよくよく見ないとわからない程度にかすかに眉間の皺《しわ》を緩め、（ちったぁ気が利くじゃねえか）という顔をすると、無言で数ミリ頭を下げて酌の礼をしたつもりらしく、さっきよりゆっくりワインを口に含んだ。

今度は味わえたようで、言葉には出さなかったがいいものを飲んだという目をして、もうこうなったら意地を張らずに豪華な食事をいただこうと思ったらしく、紘が箸《はし》を動かしだす。

よし、とまた心の中で頷き、慧吾も料理に箸をつける。相手のグラスが減ると注ぎ足しながら、返事は期待せずに当たり障《さわ》りないことから話しかける。

早いペースで飲んでいた紘は世間話くらい返してもいいという気分になってきたのか、

「あんた、しょっちゅうこういう豪勢な旅館に泊まってんのか？」

と軽く怪しくなってきた呂律《ろれつ》で聞いてきた。

これだけでも大進歩だ、と思いながら、

「いえ、仕事の出張ではビジネスホテルを使いますし、個人的に旅行に行くことはいままであまりなかったので……、間藤さんは春真くんとよくキャンプや旅行に行かれたそうですね」

とさりげなく春真の話題を仕込む。

そんな話、春真がしたのか、と訊ねる紘に頷いて、

「はい。春真くんはなんの話をしていても『紘さん』と口にしないことはないくらい、たびたびあなたのことを聞かせてくれるので、本当に仲がいいんだなといつも羨《うらや》ましく思っています」

うまく隠したつもりのジェラシーを敏感に察知したらしく、紘はアルコールで薄赤らんだ頬にニヤッと意地の悪い笑みを浮かべる。

「そうだろう、あんたなんかとは比べものにならない長い歴史と絆《きずな》があるからな、俺たちには。……まあ飲めや」

初めて酌を返されてありがたく額まで掲《かか》げてから杯《はい》を干しつつ、でも僕たちのほうがこれからもっと長い歴史と絆を作りますから、と心の中だけで張り合い、慧吾は言葉を継いだ。

「間藤さんは二十四歳の若さで四つの春真くんを引き取られて、お一人でお育てになられたんですよね。若い未婚の男性がほかに頼れる親族もいない中、その任を負うのは大変なご苦労もあったのではないかと推察いたします。ただ育てるだけでも困難なことなのに、あんなにいい子に育て上げるなんて、本当に頭が下がりますし、心からあなたを尊敬します」

ご機嫌取りではなく本心から告げると、紘は一瞬慧吾を真顔で見返し、フイと目を逸《そ》らして(よせやい)とでも言いたげな顔で大吟醸《だいぎんじょう》を手酌《てじゃく》で呷る。

すこしは樹海《じゅかい》を進んで城に近づけただろうか、と窺いながら、慧吾はまた話の矛先《ほこさき》を変える。

「間藤さんは、いまも春真くんにキャメロットをやめて大学に進学してほしいとご希望なんですか？」

「当然だ、あんな変な会社。春真は昔から頭がいいし、勉強も好きなんだから、高卒で就職なんてもったいねえだろ。なんで勝手にそんなことしたのかいまでも納得いかねえし」

ぐい飲みを呷りながらぶちぶち文句を垂《た》れる紘に慧吾は言った。

「あなたと笙子さんのご結婚を邪魔したくなかったと言っていましたよ。これまでずっと自分を優先してくれたあなたに、ご自身の人生を優先してほしかったと。それに、春真くんは昔からあなたの働く姿を見てきて、自分も人の役に立つ仕事に就《つ》きたいと思っていたそうです。職種は違いますが、尊敬するあなたの背中を見て彼が選んだ仕事ですから、できれば応援してあげてはどうかと思うのですが……」

自分もほかの男のレンタル彼氏の仕事はしてほしくないが、春真が真面目に誰かの役に立てるキャストになりたいと日々頑張っているのを見ているので援護射撃すると、

「でもキャメロットで働きだした途端、あんたに出会って嫁に行くとか言い出しちゃったじゃねえかよ！　俺の可愛い春真が『紘さんよりもっと好きな人ができた』なんてあんなにきっぱりした目をして……、あいつが生半可《なまはんか》な気持ちでそんなこと言うわけないし、もう絶対翻《ひるがえ》さないに決まってる……。嫌だー!!　春真ー!!　帰ってきてくれー!!」

と急に紘がテーブルに突っ伏して涙声で絶叫しだす。

泣き上戸《じょうご》だったのか、と焦《あせ》ってテーブルを回ってそばに行き、肩をとんとん叩いて宥《なだ》める。

「間藤さん、落ち着いて。僕にも痛いほどよくわかります、号泣《ごうきゅう》するほど春真くんが可愛いお気持ちは。でもあなたには笙子さんという素敵なパートナーがいらっしゃるではありませんか」

「笙子さんと春真と三人で幸せになりてえんだよ、俺は！　そりゃ、いつかは甥《おい》離れしなきゃいけないってわかってるけど、いますぐなんて早すぎるだろ！　あんたにくれてやるために育てたわけじゃねえのに……、おらっ、『絃さんが宇宙一好き』って言ってた頃の春真を見せてやっから、とくと拝《おが》みやがれっ！」

ぐすっと洟《はな》を啜《すす》りながらスマホのフォルダを開いて春真の子供の頃の厳選写真を見せつけられ、慧吾は思わず瞳孔《どうこう》を開く。

「間藤さん、金額に糸目はつけませんので、是非このお宝画像を僕にもすべてお譲りいただけないでしょうか。……あっ、これはどういう状況なんですか？　小さい春真くんが俯《うつぶ》せのあなたの背中で飛び跳ねているように見えますが」

「これはなぁ、俺が仕事で肩や背中がバキバキに凝《こ》ったのを不憫《ふびん》がって、チビの春真が『ボクが絃しゃんのカタコロリ治してあげる！』って踏んで按摩《あんま》してくれたところをタイマーで撮った記念写真だ」

「カタコロリ？　なんて可愛い幼児語なんでしょう。それに春真くんはそんな頃から優しくて気が利くお子さんだったんですね。こんな可愛い按摩さんに施術《せじゅつ》してもらったなんて、羨ましすぎてあなたが憎いくらいです。あ、これは？　子供用浴衣《ゆかた》の諸肌《もろはだ》を脱いで決め顔してますが」

「これは春真が『遠山《とおやま》の金《きん》さん』にハマってた時のお白洲《しらす》のポーズだ。そんで『このせなかにさいたサクランボふぶき、ちらせるもんなら、ちらしてみろい！』って桜吹雪《ふぶき》を言い間違えるんだよ、可愛くて死ぬだろ？」

「サクランボ吹雪……！　即死レベルの可愛さですね！　これも是非パネルにしたいです」

これは？　これはなぁ、と気づけばスマホに顔を寄せ合って春真の可愛い思い出話を二時間も聞き入っていた。

全部の画像を見終わり、紘がスマホを袂《たもと》にしまいながら、しんみりした声で言った。

「……あんた、俺以上に春真を大事にする自信、ほんとにあんのか？」

ここが正念場《しょうねんば》だ、と慧吾はその場でもう一度居住まいを正し、

「はい。必ず幸せにします。……どうか春真くんを僕にください」

と紘の目を見て心を込めて告げて、深く頭を下げる。

紘は、はぁ、と大きな溜息をついて天を仰《あお》いでから、急にムクリと立ち上がった。

「立て。俺に『わかった』と言わせたければ、俺のトライを一本でも止めてみろ」

「……え？」

食べ終わった食事の皿が乗ったままの厚い一枚板のテーブルを脇にずらしだす紘をなりゆきで手伝いながら、そういえば紘は学生時代ラグビー部だったと春真から聞いたことを思い出す。

「……あの、まさか、ここでラグビーをするおつもりですか？　ふたりで？」

「そうだ。あんたラグビーやったことあるか？」

「いえ、一度も。……五郎丸《ごろうまる》選手のポーズを真似しろと言われればできますが」

若干《じゃっかん》慧吾も酔っているので余計なことを答えると、紘が鼻で笑いながら床《とこ》の間《ま》の花器《かき》や伊万《いま》里焼《りやき》の飾り皿を端にどける。

「この床の間がインゴールで、向こうの部屋の端がハーフウェイラインのつもりで、俺がボールの代わりに枕持って走るから、止められるもんなら止めてみな」

と言うなり、紘はなんの前触れもなくニュージーランドチームの試合前の儀式の『ハカ』を迫力のある酔眼《すいがん》で踊りだす。内心意表を突かれたが、これが終わってからやる気なのかと黙って待っていると、紘はまた突然ダッと隣室に飛び込んで押し入れから枕をひっつかみ、バッファローのような勢いで突進してきてバターンと床の間に倒れ込んで枕でトライを決めた。

マオリ語で吠《ほ》えながら踊りだされてなにがなんだかわからないうちに一歩も動けなかった慧吾は、ドヤ顔で立ち上がる紘に抗議する。

「ちょっと待ってくださいっ、いまのはズルいですよ！　用意スタートで始めないと……！」

「うるせえ、本気で春真が欲しいならズルにも死ぬ気で反応しろ。しょうがねえからもう一回チャンスをやる。ラグビーは格闘技なんだ。お上品なセレブにゃ止められねえに決まってる」

枕を片手でポンポンと弄《もてあそ》びながら片頬をにやりと歪《ゆが》める紘に目を眇《すが》め、慧吾は上着をバッと脱いで脇に抛《ほう》る。

「次は止めてみせますよ。……さあ来い！」

　酔いと気合で普段出すこともない腹の底からの野太い声で叫び、バッファローを狙うチーターのように身構える。

「行くぜっ！」「来いやぁっ！」「ほら見ろ！」「まだまだぁっ！」とどたんばたん離れの中をふたりでダッシュしてはタックルしているうちに、だんだん互いにハイになってくる。

　十数回吹っ飛ばされたのち、一度だけ紘の阻止《そし》に成功し、ぜぁはぁとふたりで畳《たたみ》の上に大の字に倒れる。全力でくんずほぐれつしたために帯が意味をなさずに前を全開にした紘が、髪もネクタイも乱れた慧吾を横目で見ながら小さく笑った。

「……セレブのくせにやるじゃねえか」

「実の兄弟ともこんなにハードな遊びはしたことありませんよ。……紘さん、約束どおり一本止めましたから、僕を春真くんのパートナーに認めてくださいますよね……？」

「……」

　だいぶ溜めてから、「……約束だからな」と紘が仕方なさそうに呟いたあと間もなく、離れの戸が開く音がして、「紘さんっ、ありがとう！」と障子を開けて春真が飛び込んできた。

「春真くん⁉　どうして君が……」と慌てて跳ね起きた慧吾の視界に、笙子と諫山《いさやま》まで続いて中に入ってくるのが映る。

諌山がボロボロのふたりと乱雑に散らかった部屋を嘆《なげ》かわしい目つきで見やり、

「……物を壊さなかっただけ幸いというべきかもしれませんが、一体なにをやっているんですか、あなた方は。私は『冷静な話し合いの場』をセッティングしたつもりですが」

と溜息を吐く。春真が「まあ結果オーライということで見逃してください、諌山さん」と笑ってとりなし、まだひっくり返ったまま目だけ剝《む》いて固まっている紘のそばに膝をつく。

「もう紘さん、笙子さんの前でパンツ丸見えにしちゃって、恥ずかしいから早く直してよ」と叱ると、慌てて襟元《えりもと》と裾《すそ》を直して身を起こした紘に春真がぎゅっと抱きついた。

「ありがとう、紘さんならきっとわかってくれると思ってた。……それに、隣の離れでずっと聞いてたんだけど、僕も覚えてないような昔のこと、いっぱい覚えててくれて、ほんとにほんとに愛されて育ったんだなって、改めて胸に沁《し》みて、すごく嬉しかった。慧吾さんのパートナーになっても、紘さんはずっと僕の大事な家族に変わりないし、これからは笙子さんと、もし授《さず》かったらふたりの赤ちゃんといっぱい思い出フォルダを増やしてよ」

そう言って春真が紘から腕をほどいて離れると、

「そうよ、前から思ってたけど、紘さんはいい加減春真くん離れしなきゃ。『春真～、俺の可愛い春真～』って泣いてるし、ちょっと妬けちゃったわ」

と笙子が苦笑する。

まだ状況がよく飲み込めず、「……諌山くん、これは……？」と慧吾は目を瞬《しばたた》きながら秘書に事情を問う。

「実は、万が一社長の手に負えないほど間藤氏が激昂されてしまった場合を想定して、春真様と山内様に隣の離れで待機していただいておりました。こちらの会話をひそかに盗聴《とうちょう》して、不穏な空気になったら早めにおふたりに止めに入っていただけば暴力沙汰のような事態は避けられるかと……ですが杞憂《きゆう》に終わってよかったです」

先に打ち合わせたプランと全然違うじゃないか、と立案者に訴えると、

「山内様にはここまでご協力いただいた御礼にご一泊していただくのが妥当《だとう》な謝礼かと判断いたしました。また春真様と山内様がパートナーの真の酒癖をお知りになりたいとおっしゃったので、社長にはプラン変更を内密にしておりました。スタンドプレーを何卒《なにとぞ》ご容赦《ようしゃ》ください」

と悪びれた様子もなく諫山が軽く頭を下げる。

ここでした話を全部聴かれていたとすると、春真くんのお宝画像にいちいち悶絶《もんぜつ》していた声も筒抜《つつぬ》けに……、と内心動揺していると、諫山が作りつけのクローゼットから紘の服と荷物を取りだし、

「では間藤様、山内様、恐縮ですが、お隣の離れにご移動いただいてもよろしいでしょうか。こちらはあまりにもひどい有様《ありさま》なので、弊社《へいしゃ》社長と春真様にお泊まりいただきます。この時間でしたら本館の大浴場もまだ間に合いますが、お部屋に露天風呂もありますし、ご朝食は明朝九時にお部屋にお運びするようお願いしてあります。もしもっと遅いほうがよろしければフロ

ントにお電話でお伝えいただければ変更は可能ですし、チェックアウトは正午だそうです」

と旅館の臨時スタッフのようにてきぱき取り仕切り、紘と笙子が有無を言わさず従わされる。

ふたりがいなくなったあと、諌山は慧吾と春真に向き直った。

「では、私もこれで失礼させていただきます。帰りにフロントでこちらの下膳《げぜん》をお願いしていきますので、仲居さんがお見えになるまで、どうかまだ営《いとな》まずにお待ちくださいますよう。それと小型集音器も外して帰りますので、もう隣の離れには聞こえませんからご安心ください」

冷静に下世話な配慮をされ、慧吾と春真は顔を赤らめる。

諌山は帰りしなに小さく笑みを刷《は》き、

「なにはともあれ、お許しをいただけてよかったですね。難攻不落《なんこうふらく》の間藤氏の攻略に枕ラグビーが有効とは想定外でしたが、私も無事アシストできて肩の荷が下りました」

では、どうぞごゆっくり、と慇懃《いんぎん》に一礼して出て行き、部屋に残るのはふたりだけになった。

＊＊

諌山が暗に、いや露骨《ろこつ》にこのあとの展開を見越したようなことを言って去ったあと、春真はいよいよ鍛錬《たんれん》の成果が試されるときが来た、とひそかに心の準備をする。

二週間前に、諌山から慧吾が紘とサシで会う予定だが、ふたりの交渉がうまく行かないようなら春真と笙子も加勢に回ってほしいと頼まれた。もし当日承諾が得られたら、そのまま二組で泊まれるように手配すると言われて、紘がどう出るか祈るような気持ちで隣で聞いていたら、途中から自分の子供時代の話でふたりが延々盛り上がっているので、もう今日は笙子さんと泊まることになるかもと思ったが、なんとかおさまるところにおさまってホッとした。

念願の紘の許可ももらったし、身体の受け入れ準備も指三本まではだいぶこなれてきたし、場所も完璧、と思ったとき、せっかくの風流な離れの惨状《さんじょう》が気になって春真はキビキビ慧吾に言った。

「慧吾さん、仲居さんが来る前にこの部屋ちょっと片付けましょう。あれだけ大暴れしてたら反対側の離れの人がフロントに文句言ってるかもしれないし、これ見られたら今後慧吾さんがいくらお金出しても出禁《できん》にされちゃうかもしれないから」

そっち持ってください、と激しく傾いたテーブルを一緒に戻し、慧吾さんは床の間の置物直してください、僕は転がってる酒瓶を揃えますから、とびしびし指示を出し、一応枕ラグビーをする前に近い状態まで戻したところで仲居が下膳しに入ってきた。

綺麗に片付き、隣の部屋に布団も延《の》べられ、改めてふたりきりになると、慧吾が今頃慌てて髪の乱れや、ウエストから片方はみ出たドレスシャツやひん曲がったネクタイを直して身繕《みづくろ》いしてから、「春真くん」と神妙な顔で呼びかけてきた。

「……今日、君に『出張行ってらっしゃい』と送り出されたし、まさかここに来てくれてるとは思ってなかったから、隣で聞かれているとも知らずに、君の昔の写真に素で興奮していろいろ馬鹿なことを口走ったと思うんだけど、またキモぃと引いてないかな……」

たしかにものすごい食いつきだったけど、「可愛い」と千回くらい言ってたし、ほんとに大好きでいてくれてるんだってまたよくわかったから嬉しかった、と言おうとして、春真はつつっと慧吾に近づく。

「引いてないです。でも昔の写真より、いまの僕にもっと興奮してくれたら嬉しいんですけど……。さっき若い頃の紘さんがチビ春真に按摩されてる写真をめちゃくちゃ羨ましがってたから、いまの僕でよければ、慧吾さんの『カタコロリ』治してあげますね」

そう言って相手の背後に膝をつき、軽く肩を揉んだあと、きゅっと後ろから抱きつく。

「……ねえ慧吾さん、僕の背中にサクランボ吹雪はないけど、顔の形のホクロがあるのは知ってるでしょう？　いまから一緒にお風呂に入って、またあの子にキスしてくれませんか……？」

色気もフェロモンも足りなくてもなんとかその気にさせたくて、裸になる気があると意思表示して行為に誘う。

すぐ反応してくれると思ったのに、相手が数秒無反応だったので、もっと直接的に誘わないとダメなのかな、とすこし考えてから、春真はチュッと頬に口づけ、前に回した片手をそろっと下ろして相手の前立ての上からツンとそこをつつく。

「慧吾さんが身体張って頑張ってくれたおかげで、僕の保護者の許可が下りたから、未成年でももう解禁でしょう……？　僕、慧吾さんのこれを、今度は真似事じゃなくちゃんと中に挿《い》れてもらえるように、こっそり自分で弄《いじ》ってたから、今日はたぶんできると思うんですけど……」

　そんな裏事情まで赤裸々《せきらら》に暴露《ばくろ》したら気を殺《そ》ぐかも、とは思ったが、ずっと大好きな相手がそばにいるのになにもできなかったお預け期間が長すぎて、早く繋がり合いたくて、控えめな誘い方なんて思いつかなかった。

　ダメ押しで小さく舌を出して、枕ラグビーで汗ばんだ首筋をぺろっと舐めると、「……春真くん」と押し殺したような声で慧吾が振り向いた。

「ダメだよ、頼むから煽《あお》らないで。今日は紘さんと和解できて高揚《こうよう》してるし、思いがけず春真くんと泊まれて舞い上がってるし、すこし酔ってるから、紳士的に振る舞えないかもしれない」

　やや掠《かす》れた声でそう言われ、そんなの全然構わないし、むしろ紳士的じゃないほうがそれだけ欲しがられているみたいで嬉しいかもしれない、と思いながら、

「慧吾さんが僕に発情してくれるなら、紳士じゃなくてもいいです。お預けの間、ずっと慧吾さんに禁を破ってがっついてほしかった。……でも僕に色気がないから、慧吾さんは全然ムラムラしてくれなくて、禁欲なんて屁《へ》でもないみたいな顔してたから、淋しかったし……」

　とすこしいじけた声で言うと、慧吾は目を瞠《みは》って首を振った。

「なにを言ってるの、誤解だよ。君がそばにいてムラムラしないことなんてなかったし、必死に我慢してたんだよ。春真くんに色気は……たしかに愛をもってしても『ある』とは言いにく

いけど、色気なんかなくても君はいつもすごく美味《おい》しそうで、早く食べたくて気が狂いそうだったよ」

「……」

軽くディスられた気がしたが、相手が紳士面《づら》の裏側でちゃんと自分と同じように悶々《もんもん》としていたと聞いて、すこし溜飲《りゅういん》が下がる。

慧吾は身体ごと向き直り、春真の腰に片手を回して「ここらへんにある可愛い子にもキスしたいけど」と言ってから、もう一方の手で春真の唇に触れ、「先にこっちの可愛い子にキスしたい。ずっとしたくてたまらなかったから」と言うなり嚙みつくような激しいキスを浴びせてくる。

「……ンッ、んぅっ……！」

初めてしたときの優しいキスと全然違ったので驚いたが、相手も禁欲が辛くて限界だったことが餓《かつ》えたような余裕のないキスでわかったから、春真も懸命に舌を絡《から》めて唇を押しつける。

「ん、んっ……、ふぅっ、ぅんっ……」

前戯《ぜんぎ》さながらのエロチックなキスを交わしながら、慧吾はさっき整えたばかりの着衣を自《みずか》ら剝《は》いで、春真の服も奪いとる。

ふたりとも生まれたままの姿になると、慧吾は春真を抱き上げて風呂か寝室か一瞬迷うような間のあと、ダッと続き部屋に駆けこみ、急《せ》いた仕草で布団を剝いで横たえた。

「枕ラグビーで汗かいてるけど、洗ってる時間も惜しいくらい早く君が欲しいから、このましてもいい……？」

興奮を隠さずに問われ、春真はドキドキしながら頷く。

「……いいですよ、僕も早くしたいし、慧吾さん限定で、急に体臭フェチになったみたいだから……」

相手はいつも身だしなみとしてほのかなフレグランスを使っているのでそんなに汗臭く感じなかったし、珍しく野性的な恋人にときめいて、自分の肌もじわりと汗ばんでくる。

「だから、そんな風に煽っちゃダメだって言ってるのに……！」

すこし怒ったように唸《うな》り、煽るとどうなるのか春真の身体に直接教えこむように、上から下まで、表も裏も、慧吾の唇と舌が触れていない場所はないくらい全身に口づけられ、吸われ、舐め回される。

「あっ、やぁっ、そこっ、んんっ……！」

両膝を曲げて広げられ、浮くほど持ち上げられた尻の奥をぬめる舌でねっとりと責められ、春真は羞恥《しゅうち》と快感に爪先《つまさき》を丸めて身悶《みもだ》える。

「……春真くんのここ、前は固く閉じてたのに、すごく柔らかくなってる……。自分の指で慣らしたの……？　見たかったな、その場面。ねえ、今ちょっとここでやってみせてくれる……？」

優しい口調で卑猥《ひわい》なことをねだられ、春真は目を見開いて首を振る。

「嫌ですっ、そんな恥ずかしいことするくらいなら、慧吾さんのものより先に、なんか電動の大人のオモチャとか入れてイッてやるから……！」

そんなものは持っていないし、それが効果的な脅《おど》しになるのかわからなかったが、それくらい嫌だと拒否すると、慧吾はすぐにずり上がって春真の額に口づけて謝ってきた。

「ごめんね、いまちょっと酔ってるから、つい口が滑って……」

酔ってると言えば変態が許されると思ってるのか、と涙目で咎《とが》めると、もう一度詫《わ》びるようにキスされる。

「もう言わないから、春真くんの中に入れていいのはこれだけって約束して……？」

そう囁きながら、片手を取られて硬く熱《いき》りたつ相手の怒張《どちょう》を握らされる。

やっぱりすごく大きい、とすこし怯《ひる》んだが、最前《さいぜん》まで慧吾の舌で唾液《だえき》まみれにされた場所がひくひくと疼《うず》いて、中に招き入れてみたいと正直に反応する。

「……ねえ慧吾さん、たぶん大丈夫だから、これ、ここに挿れて……？」

握ったものを自ら腰を上げて後孔に宛《あて》がい、濡れた瞳で見上げる。

くっ、と奥歯を食いしばるように呻《うめ》いて、制御《せいぎょ》できないように慧吾が春真の中に身を沈めてくる。

「あっ……あ、あ、んあぁぁっ……！」

さすがに痛みがゼロというわけにはいかなかったが、ちゃんと受け入れられた喜びのほうが上回る。

途中まで入ったところで動きを止め、「……大丈夫？」と心配げに訊いてくる相手に潤《うる》んだ瞳でこくんと頷き、春真は震える両手を脚の間に伸ばす。

片手を拡がりきった結合部に、片手を相手のものに這わせながら、

「……ほんとに入ってる……慧吾さんのおっきいのが、僕のここに……」

そう呟いて、どくどく脈打つ熱いものが自己開発中に思い描いた妄想ではなく本物だと指で確かめていると、

「……春真くん、いい子だから、抱き壊されたくなければこれ以上煽らないで」

と呻くように忠告される。

たぶんそうされても嫌じゃない、と相手の首に腕を回して口づけで伝えると、ズンと最奥《さいおう》まで長い性器をねじ込まれ、言葉通り抱き壊す勢いで打ち込まれる。

「あっ、ぁんっ、慧吾さっ……、んっ、すごっ、はぁんっ……！」

「ダメだ、可愛い、ごめん、もっと優しくしたいのに、可愛くて、止められない……っ」

野獣みたいな動きでも、自分の快感だけでなく春真の性感も極限まで高めるように穿《うが》たれ、乳首も性器も身体中愛撫され、初めてなのに快楽の海で溺《おぼ》れ死ぬような心地にさせられる。

相手のことも、相手とこうすることもすごく好きだと思いながら、春真も自ら腰を振る。

絶頂を迎えても一度だけでは終わらず、望みどおり肌身離さず壊れるまで抱いて可愛がられる人形のように何度も何度も愛された。


気が済むまで抱き合ったあと、部屋の外の露天風呂にふたりで浸《つ》かりながら慧吾が言った。

「ひとつだけ悔やまれることがあるんだけど、もし今日君がここに来てくれると諌山くんから事前に聞いていたら、この離れを九百九十九本の薔薇で飾って迎えたかったのに、残念だよ」

「……は?」

檜《ひのき》の浴槽に背を預ける慧吾の膝に向かい合って跨《また》がりながら、春真はぽかんと聞き返す。

「九百九十九本の薔薇は『何度生まれ変わってもあなたを愛する』っていう意味だから、初めての夜はそうやって君を迎えたかったんだ」

本気で残念そうな相手に苦笑して、春真はチュッと唇にキスしてから言った。

「その花言葉は嬉しいけど、セレブ買いはもういいって言ったでしょう? もしほんとにそんなに買ってくれちゃったら僕の庶民脳が金額を計算してショックでおかしくなって、薔薇でご飯炊《た》いちゃうかもしれないから、気持ちだけで充分です。……ほんとにそれくらい愛してるっていうなら、薔薇の代わりに九百九十九回エッチしてほしいかな。慧吾さんとするの、すごく愛されてる気がして嬉しいから……。んーと、一生に九百九十九回だと、たぶん一ヵ月に一回か二回の計算になるから、もうちょっとしたいかなぁ。でも一年で計算すると、一日約三回だから、毎日三回はキツいかも……いくら慧吾さんが見かけによらず絶倫でもそんなにしたらさすがに窶《やつ》れちゃうだろうし……」

ぶつぶつ変な計算をしていると、くすりと笑った相手のものがお湯の中でムクリと勃《た》ちあがるのがわかった。

いま絶対色気皆無《かいむ》だったのになんでスイッチが入ったんだろう、やっぱり趣味がマニアックなのかも、と思ったが、そのあとの露店風呂エッチもすごく悦《よ》かったので、春真はそこは気にしないことにした。

あとがき

AFTERWORD……………… —小林典雅—

こんにちは、または初めまして、小林典雅《こばやしてんが》と申します。

本作は偽装結婚から始まる、三十歳の青年実業家と奥様は十八歳な庶民男子の恋物語です。

毎回、この話ではこの場面が書きたいな、とプロットの時点ではっきり浮かぶシーンがありまして（ほかの場面がぼんやりしか浮かばなくていつも大変なのですが）、今回はレンタルのパートナーとして出会ったふたりが、架空の出会いからプロポーズまでの経緯を捏造《ねつぞう》するシーンが書きたくて、そこはすごく楽しんで書きました。春真《はるま》の妄想力のせいで怒濤《どとう》の台詞《セリフ》量なのですが、すこしでも楽しんでいただけたら嬉しいです。

私はお金持ちと庶民《しょみん》の格差カップルが好きで、時々その設定で書きたくなるのですが、たまには両方リッチなゴージャスカップルにしようかと思っても、リッチ描写がうまく書けず、いつもどちらかを限りなく所帯じみたキャラにしてしまいます。今回も雑誌掲載後のアンケハガキで『春真の作る料理がチープすぎでは』というご意見をいただき、や、やっぱり……？とギクッとしましたが、油で揚げない焼きコロッケも意外と美味《おい》しいので（自分のレパートリーだとバレバレ）庶民レシピのまま載せちゃいました。

今年は十五年目ということで、これまでの既刊とのコラボネタを多めに仕込んでいるのですが、春真が入社した『キャメロット・キャストサービス』という人材レンタル会社は、既刊の『ロマンス、貸します』という本にも出てきます（共通のキャラは社長の中桐《なかぎり》だけですが）。あと二話目の『可愛いが止まりません』で春真と慧吾《けいご》が一緒に見たテレビ番組は、『密林の彼』という本でADの青山《あおやま》がジャングルで撮影してきた映像のオンエア版です。その他ちょこちょこ仕込んでいるので、既読《きどく》の方はニマッとしていただけたらなと思っております。未読でも本篇にはまったく支障はないのですが、もしよかったら既刊もお手に取っていただけるととても嬉しいです。

今回は憧《あこが》れの羽純《はすみ》ハナ先生にイラストを描いていただけました。以前から獣人《じゅうじん》オメガバースの御作品に萌《も》え滾《たぎ》っていたのでお引き受けいただけて本当に嬉しかったのですが、美麗なラフの余白に『慧たん&春りん』のチビ絵を描いてくださったり、あたたかいご感想を聞かせてくださったり、ご一緒させていただけてますますファンになってしまいました。お忙しい中、素敵なイラストを本当にありがとうございました。

せっかくの偽装結婚物なので、張り切ってロマンス増量を目指したものの、薔薇《ばら》を大量に出せばいいってもんじゃなく（笑）、通常運転の変態紳士攻と初めてでも誘い受のラブコメですが、読中読後笑顔でビタミン補給していただけたらとても幸せです。

けいたん
はるりん

この本を読んでのご意見、ご感想などをお寄せください。
小林典雅先生・羽純ハナ先生へのはげましのおたよりもお待ちしております。

〒113-0024　東京都文京区西片2-19-18　新書館
[編集部へのご意見・ご感想] ディアプラス編集部「可愛いがお仕事です」係
[先生方へのおたより] ディアプラス編集部気付　○○先生

- 初出 -
可愛いがお仕事です：小説DEAR+18年アキ号（Vol.71）
可愛いが止まりません：書き下ろし

[かわいいがおしごとです]
可愛いがお仕事です

著者：小林典雅　こばやし・てんが

初版発行：2019年10月25日

発行所：株式会社 新書館
[編集] 〒113-0024
東京都文京区西片2-19-18　電話（03）3811-2631
[営業] 〒174-0043
東京都板橋区坂下1-22-14　電話（03）5970-3840
[URL] https://www.shinshokan.co.jp/

印刷・製本：株式会社光邦

ISBN978-4-403-52492-9 ©Tenga KOBAYASHI 2019 Printed in Japan

ディアプラスBL小説大賞
作品大募集!!

年齢、性別、経験、プロ・アマ不問！

賞と賞金

大賞：30万円 ＋小説ディアプラス1年分

佳作：10万円 ＋小説ディアプラス1年分

奨励賞：3万円 ＋小説ディアプラス1年分

期待作：1万円 ＋小説ディアプラス1年分

＊**トップ賞は必ず掲載!!**

＊**期待作以上のトップ賞受賞者には、担当編集がつき個別指導!!**

＊第4次選考通過以上の希望者の方には、個別に評をお送りします。

内容

■キャラクターとストーリーが魅力的な、商業誌未発表のオリジナルBL小説。

■**Hシーン必須。**

■同人誌掲載作は販売・頒布を停止したもの、ネット発表作品は該当サイトから下ろしたもののみ、投稿可。なお応募作品の出版権、上映などの諸権利が生じた場合、その優先権は新書館が所持いたします。

■二重投稿、他者の権利を侵害する作品の投稿は固く禁じます。

ページ数

◆400字詰め原稿用紙換算で**120**枚以内（手書き原稿不可）。可能ならA4用紙を縦に使用し、20字×20行×2〜3段でタテ書き印字してください。原稿にはノンブル（通し番号）をふり、右上をひもなどでとじてください。なお、原稿には作品のストーリー概要を400字以内で必ず添付してください。

◆応募原稿は返却いたしません。必要な方はバックアップをとってください。

しめきり 年2回：1月31日／7月31日（当日消印有効）

発表 1月31日締め切り分……小説ディアプラス・ナツ号誌上（6月20日発売）

7月31日締め切り分……小説ディアプラス・フユ号誌上（12月20日発売）

あて先 〒113-0024 東京都文京区西片2-19-18
株式会社 新書館 ディアプラスBL小説大賞 係

※応募封筒の裏に【タイトル、ページ数、ペンネーム、住所、氏名、年齢、性別、電話番号、メールアドレス、連絡可能な時間帯、作品のテーマ、執筆日数、投稿歴、投稿動機、好きなBL小説家】を明記した紙を貼って送ってください。